Georg Felix

Der Wirt vom Spalenberg

Georg Felix

Der Wirt vom Spalenberg
Basler Kriminalroman

Mond-Buch Basel
Pluto-Reihe

© Mond-Buch Verlag GmbH, Basel 1979. Alle Rechte vorbehalten
Foto auf dem Schutzumschlag: Norma Graber
Gesamtherstellung: Birkhäuser AG, Basel
ISBN 3-85812-005-7

Die in diesem Buch geschilderte Geschichte ist ein Roman. Die beschriebenen Personen und deren Handlungen wurden vom Autor erfunden. Ähnlichkeiten mit lebenden und verstorbenen Personen oder wirklichen Geschehnissen sind nicht beabsichtigt.

Die Hauptpersonen:

Paul Ignaz Brändli	Ein Fremder, der eines Morgens in Basel auftaucht und hier Fuss zu fassen beginnt.
Louis Wolf	Journalist aus Basel. Er wohnt zuerst am Spalenberg und nimmt Paul Ignaz Brändli in seine Wohnung mit.
Silvia	Louis Wolfs Braut.
Susanne Leimgruber	Auch eine Braut.
Meret Wengeler	Gérantin aus dem Kleinbasel.
Carmen Sonderegger	Bardame mit Psychologiekenntnissen. Dennoch verschwindet sie eines Tages spurlos.

Weitere Personen:

Jürg Frisch	Ein Metzger.
Mathilde Frisch	Jürg Frischs Frau.
Pierre Pompidou	Kunstmaler, Silvias Schwager.
Helen	Silvias jüngere Schwester, Gattin von Pierre Pompidou.
Agnes	Silvias ältere Schwester.
Yogi Windisch	Seelenführer und Antiquitätensammler. Einer seiner Kurse wurde von Silvia besucht. Vater von Wendelin und Klara Windisch.
Adalbert Windisch	Ein Altertumsforscher, Bewunderer von Pompidous Bildern. Bruder des Yogi und Onkel von Wendelin und Klara.
Klara Windisch	Tochter des Yogi.
Hugo Mischler	Freund und vorübergehender Ehemann von Klara.
Wendelin Windisch	Ein junger Chirurg.
Vikar Kappel	Seelsorger in einer Berggemeinde.
Monica Wiederkehr	Redaktionssekretärin.

Ferner *Silvias und Louis Wolfs Eltern* nebst anderen, nur kurz erwähnten Personen.

ERSTES KAPITEL

Auf die Frage war er seit Jahren vorbereitet gewesen. Aber dass sie an diesem erstaunlich sonnigen Aprilmorgen von Monica Wiederkehr, seiner nun schon langjährigen Redaktionssekretärin, gestellt wurde, das hatte ihn doch umgeworfen. Diese nachdenkliche Erkundigung, der nichts Oberflächliches, nichts Frivoles, auch nichts Anbiederndes anhaftete, und gegen die es daher nichts einzuwenden gab: «Manchmal frage ich mich, warum Sie nicht verheiratet sind».

Da gab es kein Entrinnen. Dafür sorgte jener Gartenzwerg, der vor etwas über zwanzig Jahren in sein Leben getreten war. Übrigens war es auch ein blendender Aprilmorgen gewesen, genau wie heute. Die Frühjahrsmesse in der Schweizer Mustermesse lockte tausende von Gästen in die Stadt; der Fahnenschmuck in den Strassen wirkte beunruhigend grell. Obwohl seit langem sehnsüchtig erwartet, überraschte das Sonnenlicht nach einer wochenlang wolkenüberhangenen Graulandschaft mit ihrer plötzlich ungebrochenen Strahlkraft. Monica Wiederkehr konnte nicht wissen, mit welcher Frage sie den Redaktor konfrontiert hatte; traumwandlerisch bot sie sich ihm als Vertraute an, das spürte der Journalist in diesen Sekunden. Diese Frau, mindestens zehn Jahre älter als er, Mutter einer erwachsenen Tochter, wie er aus gelegentlichen privaten Telefongesprächen in der Redaktion schloss – er hielt sie für eine vertrauenswürdige Gesprächspartnerin.

«Kommen Sie», sagte er mit der Überzeugungskraft eines Ertrinkenden, nachdem sie sich, vielleicht selber ein wenig verblüfft über ihre Frage, diskret wieder ihrer Arbeit zugewandt hatte, doch so, dass sie jederzeit ansprechbar blieb; «kommen Sie, ich erzähle Ihnen alles – bei einem Kaffee.

Ich lade Sie ein. Heute morgen soll uns die Redaktion egal sein.»

Frau Wiederkehr, deren Arbeitsdisziplin jene sämtlicher Redaktoren bei weitem übertraf, warf einen kurzen Blick auf den Terminkalender; dann unterzog sie die soeben vom Ausläufer gebrachte Post einer kurzen Prüfung. «Moment», sagte sie, «dann muss ich zwei Sitzungen absagen. Und zuerst auch noch die Einladungsliste durchsehen. Haben Sie heute morgen nicht eine Pressekonferenz – im Rathaus?» – «Doch, stimmt, geben Sie die einem Kollegen – es ist mir heute nicht drum! Ich warte in der Empfangshalle auf Sie ...»

Er hatte sich in ihr nicht getäuscht. Selbst in ungewöhnlichen Situationen blieb sie die integere Kollegin. Und wie umsichtig sie alles organisierte, wie souverän sie die Situation einschätzte! Geradezu unheimlich, dachte er, als er im Lift ins Erdgeschoss fuhr.

Nach einem schweigsamen Spaziergang durch die Stadt überquerten Louis Wolf und Monica Wiederkehr wenig später den Rhein über die Mittlere Brücke. Dann sah man sie am Rheinufer vor einem Hotel an einem Tisch Platz nehmen. Wohl weil es trotz der Sonne noch frisch war so früh am Morgen, verzog sich die Serviertochter bald fröstelnd ins Haus, nachdem sie ihnen Kaffee und Tee hingestellt hatte. Er registrierte das fast erleichtert. Jetzt konnte er sich auf seine Geschichte konzentrieren – und auf Monica Wiederkehr, die sich, als ob sie wüsste, was ihr bevorstand, ein grosses Frühstück mit Tee im Kännchen bestellt hatte.

ZWEITES KAPITEL

Es war vor über zwanzig Jahren – *so begann Louis Wolf mit seiner Erzählung* –, an einem Aprilmorgen, so um die Frühjahrs-Messe-Zeit herum. Ganz Basel war beflaggt, und zum erstenmal seit langem schien die Sonne, so wie heute, komisch. Ich stand auf einer Traminsel beim Bahnhof, müde und bettreif. Es war ein Sonntag – ich erinnere mich genau. Am Tag vorher, an einem Samstag, hatte ich an der Eröffnung der Frühjahrsmesse teilgenommen. Den ganzen Nachmittag war ich mit Kollegen durch die Messe gestreunt. Ich musste darüber schreiben – und abends waren wir in einem Nachtclub gelandet, wo wir uns stundenlang tummelten, fast bis zum Sonnenaufgang. So stand ich an jenem Morgen, nach einem Frühstück im Bahnhofsbuffet, wieder allein auf der Traminsel, abgeschlafft und trotzdem schon konzentriert auf die journalistische Aufgabe, die mich am Nachmittag erwarten würde: Ich musste meinen Messe-Bericht bis abends abliefern. Wären nicht zwei Fahrkarten-Kontrolleure gewesen, die ich plötzlich entdeckt hatte – ich hätte bestimmt den nun einfahrenden Tramzug bestiegen, um rasch nach Hause zu gelangen. Mein künftiges Leben hätte sich anders abgespielt – ich wäre heute ein anderer Mensch, vielleicht ein verheirateter Familienvater.

Warum ich nicht jenes Tram bestiegen hatte? Ich erkannte wie gesagt die beiden in Zivilkleidern getarnten Billett-Kontrolleure, deren Gesichter mir als eifrigem Trambenützer längstens vertraut waren – da fiel mir ein, dass ich vergessen hatte, rechtzeitig die neue Monats-Marke für mein Abonnement zu kaufen. Eine lapidare Sache ... Das war mir schon mehrmals passiert: Ich gehörte nicht zu den Pünktlichen. Anderseits wollte ich meine Schluderei nicht leichtfertig ehrgeizigen Beamten ausliefern. Und ich scheute auch das Gaffen schadenfroher Trampassagiere, die nur darauf zu lauern schienen, vergessliche Mitfahrer zur eigenen Beruhigung als entlarvte Betrüger zu feiern. Nun gut, ich hatte meinen Stolz und, zugegeben, auch eine mimosenhafte Empfindlichkeit. Eigentlich wäre das alles nicht der Rede wert – aber ich bin da doch wohl eine Erklärung schuldig. Kurz: Ich war zu matsch, als dass ich mich nach durchzechter Nacht auch noch nach einem Intermezzo in der geschilderten Art gesehnt hätte. Ich liess die Kontrolleure ohne mich abfahren, wartete auf das nächste Tram und überlegte, ob ich nicht lieber ein Taxi nehmen sollte – Taxichauffeure waren in der Regel Leute, die einen Übermüdeten in Ruhe liessen. Da sah ich ihn zum erstenmal vor mir auftauchen.

Seine gedrungene, zwerghafte Gestalt fiel mir sofort auf: Er trug einen Koffer, wirkte fast ein wenig tragisch auf diesem festlich beflaggten Bahnhofplatz inmitten munterer Messebesucher ohne Gepäck. Und beinahe hätte ich noch sein Leben gerettet – was ich heute als besondere Ironie betrachten muss –; aber das entpuppte sich als ein Missverständnis: Er betrat nämlich in dem Augenblick das Trassee, als sich von hinten ein schnell fahrender Tram-Zug näherte. In meinem Übermüdungszustand hatte ich die Beherrschung verloren: «Aufpassen, ein Tram!» schrie ich ihm zu – meine Aufregung wäre unnötig gewesen: Der Zug glitt wegen einer nur während der Frühjahrsmesse üblichen Weichenstellung über die Schienen nebenan. Er war gar nicht gefährdet gewesen! Aber der Fremdling, der – wie er später oft genug beteuerte – an jenem Frühjahrsmorgen zum erstenmal in Basel eintraf, dieser Zwerg hatte auf meinen Zuruf hin sein Gesicht tatsächlich in Richtung Tram gestreckt, hatte es gesehen und war trotzdem nicht von der Stelle gewichen, obwohl die Weichenstellung für ihn zu jenem Zeitpunkt ebensowenig wie für mich klar sein konnte. Auch dafür gab und gibt es eigentlich keine vernünftige Erklärung.

Ich möchte nicht abschweifen. Ich will noch erklären, was mich an seiner Erscheinung besonders beeindruckt hatte. Da war, neben seiner Kleinheit, vor allem sein Gesicht, von dem eine bemerkenswerte Intensität ausging, die mich von anfang an fesselte. Der Blick war schillernd, irgendwie aufgelöst, dann aber auch wieder unerwartet bohrend. Und da war sein stattlicher, dunkler Hut, der ihn älter und würdiger machte, als er in Wirklichkeit war, aber gleichzeitig auch irgendwie lächerlich und dadurch mitleiderheischend. Dass nicht nur er als tragisch zu bezeichnen war und ist, sondern ebenso sein Betrachter, der in sein Blickfeld geriet, ohne dass beide offenbar wussten, wie ihnen geschah – diese Erkenntnis ging mir erst viel später auf. Aber da war es bereits zu spät. Doch ich will nicht vorgreifen.

Der kleine Mann steuerte auf meine Traminsel zu und liess seinen schweren Koffer vor meinen Füssen nieder. Sein grün-bläulich-grau schillernder Fischblick fixierte mich freundlich-lauernd, und irgendwie hatte ich den Eindruck, diesem Menschen schon irgendwo begegnet zu sein; aber wenn Sie mich fragen, wo, so kann ich das nicht sagen. Mit einer Stimme, die mir sympathischer war als sein Blick, dessen Freundlichkeit ich nämlich von anfang an beargwöhnte, ohne dass es mir damals schon bewusst gewesen wäre warum, behauptete er: «Sie kennen sich in Basel aus; können Sie mir sagen, wo ich in dieser Stadt möglichst schnell zu einer guten und billigen Wohnung komme?»

Der Mann sprach Berndeutsch, mit einem Akzent, der

ins Französische griff; und da von mir in der Zeitung gerade eine Kolumne erschienen war, in der ich für fremdenfreundlicheres Verhalten der Einheimischen plädierte, antwortete ich spontan und heiter, soweit dies meine übernächtigte Verfassung zuliess:

«Da gibt es verschiedene Möglichkeiten. Am besten schauen Sie sich die Inserate in einer Basler Zeitung an. Kommen Sie zu mir nach Hause – dann können Sie das in Ruhe durchsehen. Sie müssen entschuldigen, ich bin etwas übermüdet – ich habe in der letzten Nacht nicht geschlafen ... Kommen Sie, wir nehmen ein Taxi!»

So kam ich doch zu meiner Taxi-Fahrt, und knapp eine halbe Stunde später sass ich mit Paul Ignaz Brändli, so hiess mein unerwarteter Gast, kaffeetrinkend in der Wohnung. Dort gab ich ihm einen Stoss Zeitungen, um mich bald von ihm zu verabschieden – ich verkroch mich ins Bett. Als ich einige Stunden später aufwachte, sass er noch immer an meinem Esstisch in der Küche und studierte die Inseratenplantagen – seine Hartnäckigkeit war schon damals erstaunlich. Ich schlug ihm vor, bei dem schönen Wetter einen Spaziergang zu machen, er könne ja die Frühjahrsmesse besuchen; ich müsste jetzt meinen Zeitungsartikel schreiben, und wir könnten später, wenn ich damit fertig sei, zusammen essen gehen. Paul Ignaz war einverstanden.

Abends ass ich mit ihm in der Alten Bayrischen, und ich versuchte, ihm auf den Zahn zu fühlen. Woher kam er, was wollte er in Basel, wieso diese irgendwie ziellose Ankunft – ohne eine konkrete Vorstellung über eine Wohnmöglichkeit? War Paul Ignaz verheiratet, hatte er Familienanhang, kannte er schon Leute in Basel? Was und wo wollte er arbeiten? Er war ja kein ganz junger Mensch mehr ...

Es war herzlich wenig, was ich aus ihm herausbrachte. Irgendwie waren seine Erklärungen verschwommen – oder vielmehr ausschweifend und abschweifend; es schien mir, als ob er etwas verbergen wollte. Dabei erzählte er nicht etwa wenig. Vielmehr erging er sich in umständlichen, übrigens durchaus spannenden Schilderungen über einzelne Episoden aus seinem Leben, die aber wenig Zusammenhängendes ergaben. Ich musste annehmen, dass er bisher als Postbeamter irgendwo am Murtensee, wahrscheinlich in einer französischsprachigen Gemeinde, tätig gewesen sei; offenbar hatte er eine Freundin, oder er war verheiratet gewesen, aber durch einen tragischen Unglücksfall hatte er diesen Menschen verloren. Dann hatte er scheint's ein kleines Vermögen geerbt, das ihm jetzt ermöglichte, ein neues Leben zu beginnen. Es schien mir, als ob er ein Mann sei, der Vergessen suche – sich an einem ganz anderen Ort und unter ganz anderen Leuten eine neue Existenz aufzubauen versuchte. Da ich nicht aufdringlich sein wollte, bohrte ich vorerst nicht weiter. Ich dachte mir, dass er mir mit der Zeit, wenn wir uns besser kennen würden, schon noch mehr erzählen würde.

DRITTES KAPITEL

Nach einigen Tagen gab Paul Ignaz sein Bestreben, in der Zeitung nach einer Wohnung zu suchen, offensichtlich auf. Es blieb zwar vorerst unausgesprochen, aber alles deutete darauf hin, dass er sich in meiner Wohnung heimisch zu fühlen begann. Der Inhalt seines grossen Koffers hatte er aus- und in einen leerstehenden Kasten im Estrich geräumt. Ich bemühte mich, ihm zu verstehen zu geben, dass meine Einzimmerwohnung zu klein sei, um auf die Dauer zwei anspruchsvolle Individualisten zu beherbergen – wobei ich nicht nur auf meine oft nächtlichen journalistischen Schreibarbeiten hinwies, sondern beispielsweise auch auf die Besuche meiner Freundin, einer Musikstudentin. Zudem deutete ich an, dass der Hausbesitzer, und vielleicht sogar das Einwohneramt, Schwierigkeiten bereiten könnten; ich war davon überzeugt, dass es Paul Ignaz bisher unterlassen hatte, sich offiziell anzumelden, was für früher oder später Unannehmlichkeiten erwarten liess, da er sich ja offenbar in Basel anzusiedeln beabsichtigte, unbeirrbar. Er liess sich nun nicht mehr davon abbringen, sich bei mir einzunisten. Alsbald baute er eine Estrichecke mittels Pavadexplatten und eigenhändig gelegten elektrischen Leitungen in eine Wohnkammer aus, ohne selbstverständlich mich oder den Hausbesitzer vorher zu verständigen. Die übrigen Mieter – alle alleinstehende Studenten, die nur vorübergehend hier wohnten – zeigten sich gleichgültig oder tolerant. Was sollte ich tun?

Als Rätsel offenbarte sich mir weiterhin Paul Ignaz' Privatleben. Untadelig verhielt er sich insofern, als er meine eigene Privatsphäre zu respektieren versuchte. Wenn mich beispielsweise meine Freundin Silvia besuchte, hielt er sich stets im Hintergrund; entweder zog er sich in seine Kammer auf den Estrich zurück, aus der mittlerweile Bach-Musik drang, die er sich mit einem neu gekauften Plattenspieler anhörte, oder er verliess die Wohnung. Von langen Spaziergängen am Rheinufer kehrte er oft schweigsam zurück. Einmal entdeckte ich ihn in einem Gartenrestaurant allein vor einem Kaffee Kirsch sitzen. Er schien seine Umgebung kaum zu beachten und machte Notizen in ein kleines schwarzes Heft. Als ich ihn wenige

Tage später zufällig in einem Boulevardcafé bei der selben Beschäftigung ertappte, setzte ich mich zu ihm, da ich in der Nähe an einer Pressekonferenz teilzunehmen hatte, die erst in einer halben Stunde begann, so dass ich mir eine kurze Verschnaufpause gönnen konnte. Als Paul Ignaz mich erblickte, schlug er sein schwarzes Heft bedächtig zu und versorgte es in einem dunklen Mäppchen. Da ich ihm erzählte, dass ich ihn erst kürzlich ebenfalls schreibend gesehen hätte und ihn scherzend fragte, ob er mir nacheifere und Journalist werden möchte, sagte er feierlich: «Ich versuche, einen Kriminalroman zu schreiben». «Wie soll er denn heissen?», fragte ich. «Sicher weiss ich es noch nicht», meinte er etwas unsicher, «ich dachte: ‹Das erstarrte Lächeln über dem Murtensee›.»

Dabei musterte er mich ernst.

«Als Krimi-Titel nicht schlecht», meinte ich, und ich wusste nicht so recht, ob er mich auf den Arm nahm. Trotzdem forschte ich weiter – immer noch ein wenig ungläubig: «Ein Tatsachenroman?»

Darauf gab Paul Ignaz keine Antwort. Er schaute mich nur lange an. Dabei bemerkte ich, dass es in seinen Augen zu flackern begann. Jedenfalls wirkte es so – ich sah es so. Als ich überlegte, wieso mich das irritierte, fiel mir ein: In einem Wasser, in einem See, brennt kein Feuer – Wasser löscht Feuer; doch dieses Flackern sah ich.

Ich erinnere mich, dass mir Paul Ignaz am Abend des ersten Tages, als er nach Basel gekommen war, Andeutungen über seine Vergangenheit gemacht hatte. Da gab es ein schreckliches Erlebnis, den Tod seiner Frau oder Freundin. Ob er das zu überwinden versuchte, indem er es zu einem Roman verarbeitete? Düstere Gedanken kamen in mir auf, aber ich verscheuchte sie. Beinahe wäre ich an jenem Morgen zu spät an die Pressekonferenz gekommen.

VIERTES KAPITEL

Je länger ich Paul Ignaz kennen zu lernen glaubte, desto rätselhafter kam mir sein Wesen vor. Ein ehemaliger Postbeamter, der sich zum Romanschriftsteller mausert? Warum nicht! Ich versuchte ihn mir als Briefträger, als Postbuschauffeur und gar als Chef eines Postamtes vorzustellen, der heimlich an einer Romangeschichte herumspinnt. Aber es gab verschiedene Ungereimtheiten. Stand seine Behauptung, dass er Basel vorher nicht gekannt habe, nicht im Widerspruch zur Tatsache, dass er sich schon am Tag seiner Ankunft mit der Routine eines Einheimischen über den Bahnhofplatz bewegte, indem er die Fahrbahn eines nur ausnahmsweise anders geleiteten Trams richtig eingeschätzt hatte? Hatte er Grund, mich anzulügen?

Andere Merkwürdigkeiten weckten in mir allmählich einen Verdacht, der mir anfänglich grotesk vorkam, der mich aber zusehends mehr in den Bann zog. Paul Ignaz' Verschlossenheit, seine Eigenbrödelei, die skurrile Art, sein vergangenes Leben mit schnörkelreichen Schilderungen mehr zu verdecken als zu enthüllen, ja auch seine konservative Seriosität, seine Verklemmtheit, die auf mich damals ebenso muffig wie brünstig wirkte – solche und andere Eigenheiten erhärteten in mir die nur noch durch deutliche Beweise zu entkräftigende Vorstellung, dass es sich bei Paul Ignaz um einen ehemaligen Priester handeln müsse. Zuerst trug ich diese kühne Vorstellung tage- und wochenlang mit mir herum, bis ich sie schliesslich, da sie mich nicht mehr losliess, Silvia mitteilte. Meine Freundin zeigte sich vorerst überrascht, vertraute mir dann aber an, dass ihr Paul Ignaz, der ihr übrigens nicht unsympathisch schien, einen ähnlichen Eindruck hinterlassen habe. Von nun an beobachteten wir meinen ungebetenen Estrichbewohner gemeinsam heimlich, um vielleicht auf weitere Indizien zu stossen. Wir entwickelten eine Art Spiel, indem wir unsere Vermutungen über Paul Ignaz' mutmassliches Geheimnis zu unserem eigenen Geheimnis spannen. Zusammen konstruierten wir Geschichten, über die wir uns amüsierten, die aber von Paul Ignaz ein Bild entwarfen, das ihn für uns zu einer tragischen und auch ein wenig monströsen Figur machte: Zu einem unseligen Unhold, der wegen anstössigen Verhaltens für sein restliches Leben für eine Tätigkeit als Kirchenmann nicht mehr in Frage kam. Wir sammelten Vorkommnisse mit Geistlichen, die fleischlicher Lust gefrönt hatten. Da wir auch Fälle kannten, bei denen unkeusche Priester versetzt wurden, nahmen wir an, dass sich Paul Ignaz eines besonders gravierenden Verbrechens schuldig gemacht haben müsste, denn nichts wies bei ihm auf die Fortsetzung geistlicher Tätigkeit hin. Mehr theoretisch räumten wir ihm, aus Gründen der Fairness, die Chance ein, dass er aus vielleicht ganz anderen, durchaus ehrbaren, keineswegs spektakulären Gründen das Priesteramt verlassen haben könnte – unsere harmloseste Variante. Die Möglichkeit, dass er weder katholisch noch Priester gewesen sein könnte, schlossen wir in unsere Spekulationen schon gar nicht ein. Aber die Vorstellung, er sei an jenem Sonntagmorgen frisch aus dem Gefängnis nach Basel gereist, wollte mir nicht aus dem Kopf. Irgendwie hatte ich sie liebgewonnen, und Paul Ignaz' gräulicher Teint schien sie nur zu bestätigen.

Noch mehr als zuvor bemühten wir uns, ihm im Rahmen unserer Möglichkeiten spontan und offen zu begegnen. Wenn es stimmte, dass er ein Strafentlassener ohne Stelle war, war er auf verständnisvolle Anteilnahme angewiesen. Wir wollten ihm unsere Hilfe nicht versagen und setzten alles daran, uns Gewissheit über seine wahre Identität zu verschaffen.

Wir heckten einen Plan aus, von dem wir uns versprachen, dass er uns diesem Ziel schnell näher bringe. Ich erinnerte mich an einen Lehrer aus meiner Gymnasialzeit, einen früheren Priester. Dieser spätere Familienvater war aus dem Kirchenamt geschieden, hatte seine Geliebte geheiratet und mit ihr sechs Kinder gezeugt. Doch aus seiner früheren Priesterzeit hatte er, als er schon lange im staatlichen Gymnasium unterrichtete, eine Gewohnheit beibehalten: Mitten in einer profanen Schulstunde konnte er sich bei passender Gelegenheit an die Brust klopfen und mit schamhaft-demütiger Stimme «Mea culpa!» bekennen – eine Erinnerung aus seiner früheren Tätigkeit. Einen ähnlichen verräterischen Hinweis erhofften wir uns von Paul Ignaz.

Dabei war uns klar, dass wir vorsichtig vorzugehen hatten. Falls es stimmte, dass er an einem Kriminalroman schrieb – ein Krimi schreibender ehemaliger Geistlicher schien mir noch glaubwürdiger als ein schriftstellernder Pöstler – so war er mit der Kunst der Verstellung natürlich vertraut und würde sich so leicht nicht in eine Falle locken lassen, sagten wir uns. Wir entschieden uns für eine rührselige Geschichte, die uns glaubwürdig erschien, weil sie zum Teil der Wahrheit entsprach und uns keine verwegene Lügen abverlangte. An einem Maiabend luden wir Paul Ignaz zum Essen in die «Spalenburg» ein, ein Restaurant, das sich ganz in der Nähe meiner Wohnung befand. Es wurde ein gemütlicher Abend, und kurz vor dem Dessert begann Silvia mit unserer halbwegs erfundenen Geschichte, die wir vorher sorgfältig abgesprochen hatten.

«Du, ich habe gestern in einem Schaufenster ein wunderschönes weisses Brautkleid gesehen – das möchte ich an unserer Hochzeit tragen!» schwärmte sie. Zufrieden beobachtete ich, wie Paul Ignaz seine Ohren spitzte.

«Unsere Hochzeit», seufzte ich, «das ist auch so ein Problem ...» Und zu Paul Ignaz gewandt: «Du musst wissen, ich bin ursprünglich katholisch und Silvia protestantisch. Mittlerweile habe ich mich von der Kirche so weit entfernt, dass ich am liebsten austreten möchte – unter keinen Umständen möchte ich kirchlich heiraten. Aber da ist Silvia mit ihren romantischen Vorstellungen. Eine katholische Hochzeit mit weissem Brautschleier ist für sie geradezu ein Grund zum Konvertieren, so wie für andere Leute die katholische Beerdigung ein Grund ist, lebenslang Kirchensteuern zu bezahlen. Ich wäre froh, wenn du uns dazu deine ungeschminkte Meinung sagen könntest. Was rätst du uns?»

Wir lauerten darauf, dass sich Paul Ignaz mit einer – vielleicht nur nebensächlichen – Bemerkung zum Thema «kirchliche Trauung», «Sakrament der Ehe», «Mischehe» undsoweiter verraten würde. Aber er liess sich nicht einwickeln. Fast trocken und irgendwie gelassen meinte er:

«Glaubt ihr, dass Silvia ein weisses Brautkleid wirklich steht? Ich würde ihr eher ein zartes rosa oder blau empfehlen. Oder schwarz. Das soll heute auch Mode sein.»

Das hatten wir nicht erwartet. Ein Modetip von einem ehemaligen Priester, dem das Aussehen der Braut viel wichtiger war als die Art der Eheschliessung! War es nur eine List, war Paul Ignaz auf der Hut? Oder war es seine diplomatische Tücke, mit der er einen vermeintlichen Missbrauch einer kirchlichen Eheschliessung in der heuchlerischen Tracht der Keuschheit zu verhindern versuchte? Dabei hatte er nicht einmal unrecht: Silvia war blond, ihr Teint ein wenig blass. In einem weissen Kleid mochte sie ein wenig farblos aussehen; blau würde zu ihren Augen stehen und rosa ihr zartes Gesicht beleben. Aber schwarz? Das hätte ich unpassend gefunden, irgendwie makaber – eine schwarze Braut?! Paul Ignaz kam mir plötzlich morbid vor. Unser Plan, ihm seine Geheimnisse zu entlocken, schien gescheitert.

Und das Peinliche: In den nächsten Tagen sah ich Silvia, bei meinem Besuch bei ihrer Mutter oder als sie mich besuchen kam, wiederholt vor dem Spiegel stehen. Sie probierte dezent-blaue, rosa und schwarze Stoffe und Schleier an. Nun war es also so weit gekommen, dass Paul Ignaz Silvias Geschmack und Verhaltensweise zu beeinflussen begann. Ich empfand eifersüchtige Leute schon damals als infantil, unreif, besitzgierig, unfähig zur uneigennützigen, wahren Liebe. Dazu unkultiviert, weil sie es unterliessen, solche Gefühle zu unterdrücken oder auszugleichen. Nun war ich selber eifersüchtig – bemühte mich aber, diese quälenden und letztlich selbstzerstörerischen Gefühle in den Griff zu kriegen; ich wollte Silvia davor verschonen, und natürlich, das bestreite ich gar nicht, mich selber schützen. Aber ich hatte meine Eifersucht nur schlecht verbergen können, indem ich, als Silvia mich fragte, wie ich die verschiedenen Stoffe fände, abweisend und mürrisch geantwortet hatte. Das tat mir natürlich leid, denn ich sah, dass auch sie darunter litt, und ich konnte es ihr nicht verargen, dass sie schliesslich, neben ihrer Mutter, Paul Ignaz als Modeberater einsetzte statt mich. Insgeheim hoffte sie gewiss, meine Zuneigung wieder zu gewinnen; aber ich machte meinen Muschkopf. Die Verstimmung dauerte allerdings nur wenige Tage. Schon bald schien das Ganze vergessen, unserer Liebe konnte sie nichts anhaben – im Gegenteil, die Versöhnung an einem späten Maiabend bei mir zuhause fiel sehr innig aus. Paul

Ignaz liess uns ungestört; er war zu einem seiner abendlichen Spaziergänge aufgebrochen.

FÜNFTES KAPITEL

Mittlerweile hatte ich einen neuen Plan ausgeheckt, um Paul Ignaz doch noch zur Preisgabe seiner Vergangenheit zu veranlassen. Ich erinnerte mich der Ahnentafel im Kreuzgang des Münsters. Das Denkmal gilt dem alten Familiengeschlecht von Silvias Mutter, deren Ahnen vor 450 Jahren als Glaubensflüchtlinge nach Basel gekommen waren. Ich besprach mit Silvia mein Vorhaben, unter dem Vorwand der Besichtigung dieses Grabsteins Paul Ignaz in die Kathedrale zu locken, wo eine ideale Kulisse für ein Gespräch über die Vergangenheit und somit über gewisse geschichtliche Ereignisse vor der Reformation gegeben war. Dabei würden sich genügend Möglichkeiten ergeben, absichtlich einige falsche Daten zu nennen – es war kaum anzunehmen, dass Paul Ignaz diese unwidersprochen lassen würde, falls er mit der katholischen Kirchengeschichte wirklich vertraut gewesen wäre. Silvia machte mich darauf aufmerksam, dass auch dieses Vorhaben keinen unbedingten Erfolg versprach. Sie nannte mir Beispiele von überdurchschnittlich gut gebildeten Postbeamten, deren Niveau weit höher war als jenes manch eines simplen Dorfpfarrers. Damit hatte sie natürlich recht, aber ich wollte an meinem Plan dennoch festhalten. Ich sagte Silvia, dass wir vor der Münster-Besichtigung vielleicht einen Besuch im nahen Kunstmuseum unternehmen wollten, wo die Sammlung mittelalterlicher Gemälde weitere Gelegenheiten zu meiner Absicht bot. Schon am nächsten Sonntag wollten wir diese Exkursion durchführen.

Unser Vorhaben musste kurzfristig verschoben werden, weil Paul Ignaz überraschend an den Murtensee reiste, wo er, wie er uns erklärte, noch einige Formalitäten zu erledigen hatte. Zuerst erwogen wir, ob wir ihm auf der Reise an seinen früheren Wohnort heimlich folgen sollten – wir dachten, dass uns dies vielleicht schneller und müheloser Klarheit über sein Vorleben verschaffen könnte. Wir verwarfen diesen Plan aber, weil wir uns sagten, dass diese Art von Schnüffelei irgendwie schäbig und sogar lächerlich gewesen wäre, besonders, wenn Paul Ignaz uns dabei ertappt hätte.

Also liessen wir ihn an einem Freitagmorgen allein abreisen. Tags darauf – Paul Ignaz weilte übers Wochenende am Murtensee – war ich bei Silvia eingeladen. Ihre Mutter, eine Basler Dame mit Ehemann, war eine aufmerksame Gastgeberin. Im gediegenen Rahmen ihrer Biedermeierwohnung servierte sie uns und einem anderen jungen Paar – Silvias ältere Schwester und deren Freund, ein Nationalökonom – eine selbstgemachte Quiche lorraine; anschliessend gab's Rhabarberwähe mit Schlagrahm. Dass bei der gemeinsamen Plauderei immer wieder ein gewisses Prestigeverhalten das Gespräch prägte, störte mich schon gar nicht mehr. Ich hatte mich daran gewöhnt, von Silvias Eltern unnachweisbar, doch stetig mit dem Bräutigam von Silvias ältester Schwester verglichen zu werden; nicht als Person, aber als Statusträger. Als Primus im Gymnasium hatte er auch als Student keinen Zweifel an seinem Ehrgeiz gelassen, was dazu führte, dass er schon bald in einer hohen Kaderfunktion in der chemischen Industrie noch höheren Zielen zustrebte. Im Vergleich dazu mochte ich mit meiner ungewissen journalistischen Zukunft und dem abgebrochenen Studium wie eine verkrachte Existenz erscheinen. Nun ja, ich war eben ein

Künstlertyp, wie Silvias Mutter beschwichtigend betonte; sie hatte da schon einige Erfahrung, denn der Gatte von Silvias jüngerer Schwester war Kunstmaler, allerdings ein ziemlich erfolgreicher. Ich war aber eben doch ein Mann, dessen eigene Existenz und jene der noch zu gründenden Familie nicht so gesichert schien wie jene des blendend tüchtigen jungen Nationalökonomen mit Doktorwürde, ungebrochenem beruflichem sowie militärischem Eifer und nebenbei auch noch parteipolitischen Ambitionen, im bürgerlichen Lager, versteht sich.

Ich selber war solchem Denken abhold. Mein Beruf hatte sich sozusagen aus meiner Lieblingsbeschäftigung ergeben, Leute kennenzulernen und zu beobachten. Zudem hielt ich mich nicht gern nach einem von anderen entworfenen Stundenplan in einem fremden Büro auf. Ich bewegte mich lieber frei an der frischen Luft oder tummelte mich gern zuhause in privater Atmosphäre an der Schreibmaschine. Zudem hatte mir meine journalistische Tätigkeit ermöglicht, das Studium vorzeitig abzubrechen – man könnte also sagen, ich sei aus Bequemlichkeit Journalist geworden. Schon wollte ich eine diesbezügliche humorvolle Bemerkung einflechten, als ich wahrnahm, dass Silvia, verletzt durch die versteckten Vorwürfe ihrer Eltern, impulsiv zu reagieren begann. Das war taktisch unklug, denn so wurden sie ins Recht und wir ins Unrecht versetzt ...

«Wir haben eben andere Vorstellungen», sagte Silvia gequält, «und zudem erleben wir Dinge, die Leute, die immer nur ans Geldverdienen denken, in ihrem ganzen Leben nie kennenlernen. Erst kürzlich hat sich in Louis' Wohnung ein katholischer Priester eingenistet, den Louis auf der Strasse kennengelernt hat. Ein ganz merkwürdiger Mensch, der einen Kriminalroman schreibt!»

Silvias Eltern und das strebsame junge Paar staunten. «Ein katholischer Pfarrer?», fragte Silvias Vater beinahe entsetzt, «vielleicht ein Jesuit! Man weiss nie, was die im Schild führen. Lass dich von ihm nicht beeinflussen! Der ist noch imstand und bekehrt dich zum Katholizismus!»

«Dazu besteht keine Gefahr», lächelte ich, «ich bin zwar auch katholisch getauft, doch meine Einstellung zur Kirche ist sehr kritisch. Ich würde nie zulassen, dass Silvia so ohne weiteres konvertiert!»

«Nun, einen Glauben sollte man haben. Sie sind aber doch Christ?», versuchte Silvias Mutter zu vermitteln.

«Christ – ja, ich bin getauft», antwortete ich kurz, um dieses Thema, das mir unbehaglich war, schnell abzubrechen.

Aber später kam das Gespräch dann nochmals auf Paul Ignaz. Silvia hatte vom alten, schmalen Haus am Spalenberg geschwärmt, in dessen oberstem Stock ich meine kleine Wohnung hatte. Sie hatte sich ausgemalt, dass wir da auch später wohnen könnten, und zwar in den zwei oberen Etagen, in denen zum Teil noch Studenten hausten. «Dann könnte unser Kind ins Petersschulhaus, das wäre ein schöner und gefahrloser Schulweg mitten in der Altstadt: Dem Nadelberg entlang direkt zur Schule!»

Die Mutter konnte ihre Aufregung kaum verbergen. Ihr lieferten Silvias Pläne einen weiteren handfesten Beweis für unsere ernsthaften Heiratsabsichten; dabei war es mir nie so recht klar, ob sie sich darüber freute oder ängstigte – vielleicht beides zusammen.

«Ihr müsstet dann aber schon ein gesichertes Einkommen haben», sagte sie, wobei ein Zucken über ihr Gesicht huschte, das gleichermassen Freude, Stolz und Sorge auszudrücken schien.

«Kommt Zeit, kommt Rat», meinte der Alte, während

er eine Kirschflasche öffnete, um unseren Kaffee zu bereichern. Doch auch er machte ein skeptisches Gesicht, das seine gelassenen Worte Lügen strafte.

Um das Klima aufzufrischen, versuchte ich, das Gespräch auf eine sachlichere Ebene zu führen.

«Im Moment ist sogar mein Estrich bewohnt», lenkte ich ab, «Paul Ignaz Brändli hat sich dort eingenistet. Die elektrischen Leitungen und Anschlüsse hat er selber montiert – das gefällt mir nicht. Aber der muss jetzt dann sowieso hinaus, im Sommer wird's unerträglich heiss. Dann kann er dort nicht mehr wohnen! Hoffentlich findet er in den nächsten Tagen und Wochen eine Wohnung – bisher hat er gar nicht gesucht. Wisst Ihr zufällig eine günstige kleine Wohnung oder ein Zimmer für einen geistlichen Herrn?»

Den letzten Satz hatte ich Silvias Eltern gestellt, aber ich schloss in meine Erwartungen auch Silvias Schwester und ihren Mann ein. Das Ganze war mehr rhetorisch gemeint gewesen; ich wollte wie gesagt von Silvia und mir ablenken – aber die Mutter griff meine Frage ernsthaft auf:

«Ich überlege mir schon lange, ob ich das obere Zimmer in unserem Haus vermieten solle. Das würde nicht viel kosten; fliessendes Wasser ist da, auch eine separate Toilette. Früher wohnte dort das Dienstmädchen. Fragen Sie Ihren Pfarrer, vielleicht interessiert ihn das!»

Das war freilich eine unerwartete Wende!

Schon im Verlauf der nächsten Woche, nachdem Paul Ignaz von seinem Ausflug an den Murtensee zurückgekehrt war und ich Silvia besuchte, da ich mich in meiner eigenen Wohnung zu bedrängt fühlte, erfuhr ich von Silvias Mutter, dass sie das Zimmer für Paul Ignaz bereits vorsorglich eingerichtet habe. Sie rechnete fest damit, dass er demnächst bei ihr als Untermieter einziehe; eine Möglichkeit, an der ich vorläufig zweifelte. Ich kannte Paul Ignaz' Starrsinn, wenngleich ich erwartete, dass ihn die sommerliche Hitze bald in ein gastlicheres Heim vertreiben würde; aber manipulieren liess er sich wahrscheinlich nicht. Als mir Silvias Mutter das Zimmer zeigte, ahnte ich, dass uns noch weitere Verwicklungen bevorstünden. Es war rührend, wie sie sich bemüht hatte, dem mutmasslichen Status von Paul Ignaz gerecht zu werden: Ihrer Vorstellung als Protestantin von einem katholisch-priesterlichen Interieur entsprechend hatte sie in einer Ecke eine Art Altar aufgebaut, mit einem Kerzenständer, vielen grässlichen Wachsblumen und einer Brokatdecke. Auf dem Nachttischchen neben dem Bett standen einige Räucherkerzen, die wohl Weihrauchdüfte vortäuschen sollten. Auch Silvia musste kichern, als sie das sah; dass Paul Ignaz – wohlverstanden in unserer Phantasie – gar kein Messe zelebrierender, sondern ein gefallener, verfemter Priester war, ein Strafentlassener gar, hatten wir Silvias Mutter verschwiegen. Für sie war Paul Ignaz ein ehrwürdiger Herr, ein Asket, dem sie zwar – da er katholisch war – wohl protestantisch-distanziert und vielleicht sogar ein wenig misstrauisch gegenüberstand; in ihrer liberalen Grundhaltung bemühte sie sich aber, einem andersgläubigen Geistlichen durchaus den Respekt entgegenzubringen, den er innerhalb seiner Kirche, die nicht ihre Welt war, genoss. Einem Sittlichkeitsverbrecher, einem Versager im Priesteramt, hätte sie gewiss kein Zimmer angeboten, das stand für uns fest.

Unser Problem bestand darin, Paul Ignaz einerseits klar zu machen, dass Silvias Mutter für ihn ein Zimmer bereithielt, so dass er der Sommerschwüle in meinem Estrich entfliehen konnte, ohne dabei den Familienanschluss zu uns verlieren zu müssen; und anderseits zu vermeiden, dass Silvias Mutter vom neuen Untermieter, von dem wir zweifellos ein zu strahlendes Image aufgebaut hatten, enttäuscht würde. Um uns für dieses Ziel die nötige Sicherheit zu verleihen, wollten wir unser Vorhaben, Paul Ignaz' Vorleben zu ergründen, beschleunigen. Doch ein unvorgesehenes Ereignis machte dieses Bemühen überflüssig.

SECHSTES KAPITEL

Ich war an jenem Abend allein zu Hause. Silvia weilte an einem Konzert, und Paul Ignaz hatte einen seiner einsamen Spaziergänge unternommen. Es war ein linder Abend im Mai; zwei oder drei Tage vor jenem Sonntag, an dem wir unseren Gast ins Münster lotsen wollten. Ich hatte einen Zeitungsartikel über den Präsidenten eines jubilierenden Gesangsvereins zu schreiben; eine harmlose Arbeit, die ich früher als erwartet beenden konnte. So sass ich plötzlich unbeschäftigt allein in meiner Wohnung, sah zum offenen Fenster auf den Spalenberg hinunter, wo sommerlich gekleidete Menschen vorbeiflanierten; ihre gedämpften und übermütigen Stimmen drangen verführerisch zu mir herauf. Es waren viele junge Leute in kleinen Scharen, dazwischen diskretere Liebespaare und ältere Menschen, darunter auch stille Einzelgänger. Auf einmal verdichtete sich der Menschenfluss; ich sah zum Teil festlich gekleidete Damen und Herren, ein gemischtes Publikum, das vermutlich aus dem Kellertheater unten am Spalenberg geströmt kam. Ich überlegte, dass nun wohl auch das Konzert aus sein würde, das Silvia besucht hatte.

Schon wollte ich mir die Schuhe anziehen, um Silvia beim Stadtcasino, wo das Konzert stattgefunden hatte, abzuholen. Doch dann fiel mir ein, dass sie wahrscheinlich längstens auf dem Heimweg oder sogar schon bei sich zuhause sein würde, bis ich beim Casino wäre. Sie hatte mir am Nachmittag am Telefon gesagt, dass sie sich heute besonders müde fühle und deshalb nach dem Konzert früh ins Bett wolle. So liess ich es bleiben. Wieder sah ich zum Fenster hinaus, an den schmalen, schiefen Hausfassaden hinunter; ich hörte lebhafte Stimmen, witterte die linde Frühlingsluft. Ich verspürte Lust, mich unter die Leute zu mischen, vielleicht im nahen Lokal ein Bier zu trinken, wo möglicherweise Bekannte sassen, mit denen ich mich hätte unterhalten können. Aber das Bedürfnis, Silvia zu sehen, war doch stärker; irgendwie hätte ich es ihr gegenüber als Betrug empfunden, mich jetzt ohne sie zu vergnügen, während sie allein daheim im Bett lag, ohne davon zu wissen. Das waren kindische Überlegungen – oder Gefühle – ich weiss, aber Verliebte handeln unvernünftig. Ich liess es also bleiben und überlegte, wie ich den angebrochenen Abend nun sinnvoll beenden könnte. Um ins Bett zu gehen, fühlte ich mich zu wenig müde, und um Silvia anzurufen, war es wahrscheinlich zu früh – und gleichzeitig zu spät; vermutlich war sie immer noch unterwegs. Ihre Eltern wollte ich nicht bemühen. Es wäre mir peinlich gewesen, meine Ungeduld vor ihrer Mutter oder dem Vater rechtfertigen zu müssen, die überdies fixe Vorstellungen von einzuhaltenden Höflichkeitsregeln hatten. Abends nach neun Uhr nicht mehr telefonieren, das war eine solche Regel. Zudem fand Silvias Mutter, ich würde ihre Tochter zu sehr vereinnahmen. «Sie braucht ihre private Ruhe», hatte sie mir einmal erklärt, nachdem wir einige Wochenende hintereinander zusammen verbracht hatten. Ich selber zählte mich aber zu Silvias Privatsphäre.

Mir fiel ein, dass Paul Ignaz' Estrichkammer leerstand. Brändli war wieder einmal ausgegangen, spazierte vermutlich am Rheinufer, und das brachte mich auf die Idee, hinaufzugehen, um mich in der Kammer umzusehen – nach jenen Indizien zu forschen, die uns bisher fehlten, um unsere Vermutungen über sein Vorleben zu erhärten. Vielleicht konnte ich einen Rosenkranz entdecken oder ein Brevier, sagte ich mir, oder ein anderes priesterliches Requisit, möglicherweise auch einen Briefumschlag mit verräterischem Absender, der wertvolle Hinweise vermittelte. Ich weiss noch, wie ich vor Aufregung zitterte, als ich die Estrichtreppe hinaufschlich – die Situation war grotesk, schliesslich war es mein Estrich. Die Wohnungsmiete, die ich monatlich bezahlte, schloss seine Benützung ein, der Estricheingang war nur durch meine Wohnung zu erreichen, einen anderen Zugang gab es nicht. Und Brändli war ein Eindringling, der mir für seine Einquartierung keine Untermiete bezahlte. Was sollten also die Skrupel!

Und doch, die Tür zu seiner Kammer, die er auf einem Hausabbruch billig erstanden hatte, öffnete ich sehr vorsichtig, fast verstohlen – und ich erinnere mich, dass sie klemmte, an einem der Drähte hängenblieb, die im Estrich für das Aufhängen von Wäsche gespannt waren. Ich musste den Draht mit der Hand heben, damit ich die Tür überhaupt aufbrachte – es kam mir vor, als ob das Paul Ignaz absichtlich konstruiert hätte, um den Zugang zu seiner Kammer zu erschweren.

Das kleine Zimmer war den Umständen entsprechend gemütlich eingerichtet und ziemlich ordentlich aufgeräumt. Sogar ein Staubsauger lehnte in einer Ecke. Neben einem kleinen Schreibtisch mit Lampe stand ein Tischchen, auf dem der grosse, schwarze Hut lag, den Paul

Ignaz bei seiner Ankunft in Basel anhatte, als ich ihn zum erstenmal gesehen hatte. Seither hatte er ihn nicht mehr getragen, ausser bei seiner Reise an den Murtensee vor einer Woche. Ich schnupperte am Hut – es schien mir, als ob er nach Weihrauch röche, aber vielleicht täuschte ich mich. Solche Hüte wurden in Hutläden kaum mehr angeboten; in Brockenhäusern mochten sie noch aufzutreiben sein, für wenig Geld. Daneben ein kleiner Plattenspieler, ein altmodisches, schlichtes Modell. Neben einem kurzen Bett – Paul Ignaz mochte darin gerade Platz finden, für mich wäre es wahrscheinlich zu klein gewesen – stand ein Nachttisch, darauf lag das schwarze Mäppchen, das er oft bei sich trug, wenn er tagsüber in die Stadt ging. Und dann der Bücherschaft mit einem Dutzend abgegriffenen Taschenbüchern, darunter mehrere Krimis – aber keine katholische Literatur, im Gegenteil. Ich sah Nietzsches «Zarathustra», das einzige anspruchsvolle Werk, an das ich mich erinnere; das übrige war Trivialliteratur. Durfte ein Priester überhaupt Nietzsche lesen, fragte ich mich – oder hatte Paul Ignaz das Buch gekauft, nachdem er aus dem Priesteramt ausgeschieden war? Zweifelnd wandte ich mich der Schallplattensammlung zu. Da stiess ich auf die Orgelkonzerte von Johann Sebastian Bach – wievielemale waren sie mir ans Ohr gedrungen, seitdem Brändli im Estrich wohnte! Das schien untrüglich sein Interesse an geistlicher Musik nachzuweisen, und die Berechtigung unseres Verdachts, auch wenn Bach ein protestantischer Komponist war. Aber wir lebten im Zeitalter der Ökumene. War Bach nicht auch bei Leuten beliebt, die keine Beziehung zur Kirche hatten? Ich erinnerte mich an modische Swingmusik, an Bachinterpretationen für Jazzfreunde. Solche Platten fand ich aber nicht. Hingegen liebte Brändli offensichtlich Haydn- und Händelmusik.

«Die sieben letzten Worte unseres Erlösers am Kreuze» las ich auf einem Umschlag. Ich war jetzt meiner Sache sicher. An Brändlis Frömmigkeit war nicht mehr zu zweifeln.

Ich wollte nur noch einen Blick in die Nachttisch-Schubladen werfen – ich versprach mir davon die letzte schlüssige Enthüllung: Vielleicht das Brevier – dann hätte es keiner weiteren Beweise mehr bedurft. Ich krempelte die Hemdsärmel nach hinten und öffnete einige Knöpfe. Es war sehr schwül da oben, geradezu stickig. Deshalb stemmte ich das Fenster einer Dachluke auf. Für einen Moment sank ich in den Sessel, der neben dem Tisch mit dem schwarzen Hut stand. Im Hochsommer würde die Kammer unbewohnbar sein, die Hitze würde unerträglich, das stand fest. Bisher hatte Paul Ignaz auf unsere Erwähnung, dass Silvias Mutter ein günstiges Zimmer zu vermieten habe, nicht reagiert. Doch die Zeit arbeitete für uns, schien mir.

Ich erhob mich und öffnete die oberste Nachttischschublade. Statt einem Brevier oder einem Rosenkranz lag da das kleine, schwarze Heft, in das Brändli, wie er behauptete, seinen Kriminalroman schrieb. Gespannt öffnete ich es und blätterte darin. Mit zunehmendem Erstaunen las ich Aufzeichnungen, die aus dem Tagebuch des Präsidenten eines Wirtevereins hätten stammen können. Brändli hatte launige Werbesprüche aus dem Gastgewerbe festgehalten; zum Beispiel: «Bei uns kocht der Chef selber. Probier's trotzdem!» Als ich weiter blätterte, stiess ich auf Kochrezepte. Vor allem schienen es ihm währschafte Kartoffelgerichte angetan zu haben. Von der Berner Rösti über die sogenannte Sennen-Rösti mit Raclette-Käse, die Urner Rösti mit Rahm bis zur Rösti nach Metzgerinnen Art mit Fleischkäse-Streifen und Schinken sowie Spiegelei reichte die Auswahl. Schliesslich hatte er sich verschiedene

Firmennamen und -adressen notiert. Entsprechende Anmerkungen wiesen darauf hin, dass es sich um Unternehmen aus der Branche der Gastgewerbe-Ausstattung handelte. Eine Firma aus Bern fabrizierte offenbar Eiswürfel-Geräte, eine andere Aufschnittmaschinen, und ein Unternehmen im Kanton Aargau schien für Geschirrwaschautomaten zuständig zu sein. Warum um Himmels willen hatte sich Brändli das alles notiert? Sollten das seine Aufzeichnungen für den Krimi sein? Eher ähnelten sie Notizen eines sorgfältig recherchierenden Fachjournalisten der schweizerischen Wirtezeitung oder eines Fachmagazins für Restaurationen. Oder war er ein Reisevertreter, vertrat er solche Firmen im Aussendienst, besuchte er Wirte? Jedenfalls schien nun sicher, dass mich Paul Ignaz angelogen hatte. Er hatte etwas zu verbergen. Aber was? Und warum?

Zweifelnd legte ich das Heft zurück. Ich wollte noch die anderen Schubladen öffnen. Ein Geheimnis gab es da zweifellos zu lüften; es fragte sich nur, welches. Geräusche, ein Knarren, und dann undeutliche Stimmen, liessen mich zusammenschrecken. Das kam nicht von draussen durch die Dachluke, sondern aus dem Estrichinnern! Ob Paul Ignaz schon zurück war – so ungewöhnlich früh für seine Verhältnisse, es war noch lange nicht Mitternacht ... Aber mit wem sollte er reden? War er so schrullig geworden, dass er lebhaft mit sich selber sprach? War es Silvia, die er vielleicht zufällig auf der Strasse getroffen hatte, als sie aus dem Konzert gekommen war? Wollte sie mich überraschen? Um aus der Kammer zu schleichen, war es zu spät. Unter allen Umständen wollte ich den Eindruck vermeiden, dass ich hier herumspionierte – wer immer es sein mochte.

Der Türspalt weitete sich, Paul Ignaz Brändli erschien

im Rahmen, gefolgt von einer jüngeren Frau, die ich zum erstenmal sah. Seine Verblüffung war offensichtlich nicht kleiner als die meine, und auch die Begleiterin schien verwundert. «Sie entschuldigen», sagte ich, «ich wollte da oben die Dachluke öffnen, es würde sonst zu schwül. Unerträglich, diese Hitze! Bis im Sommer muss das ja ein schöner Brutofen werden!»

Instinktiv hatte ich das Richtige gesagt; jetzt war er in die Defensive gedrängt. Sein mir aufgezwungenes Estrich-Logis war zur Diskussion gestellt – er musste sich rechtfertigen, nicht ich, der ich als rechtmässiger Mieter nur meine Pflicht tat.

«Ja, es ist stickig, ich muss wohl ausziehen, bevor der Sommer anbricht», antwortete Paul Ignaz bedächtig. Und dann, zu seiner Begleiterin: «Darf ich vorstellen ... das ist Louis Wolf, mein Gastgeber. Und das ist Meret Wengeler, Gérantin von Beruf.»

Ich verbeugte mich höflich und reichte Frau Wengeler die Hand, obwohl ich mich über den Unterton in Paul Ignaz' Vorstellung ärgerte. Was hiess da «Gastgeber»! Seine Generosität fand ich unangemessen – schliesslich war er ein ungebetener Gast, das wusste er doch genau ... Aber dafür konnte Frau Wengeler nichts. Ich lud die beiden zu einem späten Imbiss in meine Wohnung ein.

Es wurde eine lange Nacht, es war Vollmond, und auf dem Fenstersims des gegenüberliegenden Hauses, auf der anderen Seite des Spalenbergs, lauerte während Stunden eine schwarze Katze, das Tier des Nachbarn. Es liess uns bis zum Morgengrauen nicht aus den Augen; unverwandt fixierte es uns durchs offene Fenster. Paul Ignaz erzählte zum erstenmal ausführlich aus seinem früheren Leben. Er war der Sohn eines protestantischen Friedhofbeamten, der Kremationen durchführte; seine Mutter war früh gestorben. Paul Ignaz selber war weder Priester noch katholisch gewesen, sondern tatsächlich ein schlichter, verheirateter Postbeamter, erfuhr ich. Die Ehe war kinderlos geblieben; seine Frau kam bei einer Brandkatastrophe ums Leben, ein Unglück, das ihn zur Änderung seines Daseins bewog, wie er uns erzählte. Da er über ein kleines Vermögen verfügte, beabsichtigte er, die Wirteprüfung zu machen, um in Basel ein kleines eigenes Restaurant zu eröffnen – sein alter Traum. Dass ihm jetzt Frau Wengeler über den Weg gelaufen war, schien ein glücklicher Zufall, denn als Gérantin schien sie die geeignete Beraterin für ein solches Vorhaben zu sein. Als ich ihn fragte, wie das mit dem Kriminalroman sei, hüllte er sich in verlegenes Schweigen. Er tat so, als ob seine Bemühungen nicht über stümperhafte Versuche hinweggediehen seien, und als ob es ihm unangenehm sei, vor seiner Freundin davon zu reden. Merkwürdig humorlos nahm er meine Schilderung von Silvias und meinem Verdacht auf, wonach wir ihn für einen gefallenen Priester gehalten hätten. Frau Wengeler freilich schien es zu amüsieren – aber sie lächelte nur verstohlen, wahrscheinlich, um Paul Ignaz nicht zu kränken. Ich bedauerte nur, dass Silvia diese nächtliche Begegnung nicht miterlebte. Am nächsten Tag überraschte ich sie frühmorgens, noch bevor ich mich schlafen legte, mit der Neuigkeit am Telefon. Sie regte sich auf und kam in meine Wohnung gestürmt. Sie wollte die Erzählung noch einmal hören. Am selben Tag veranlasste sie, dass der Altar aus dem für Brändli reservierten Zimmer verschwand; ihre Mutter schickte sich an, nach einem neuen Mieter zu suchen. Paul Ignaz hatte durchblicken lassen, dass er in die Wohnung seiner neuen Freundin ziehen würde. So sei nun wohl allen gedient, nahmen wir damals an.

SIEBTES KAPITEL

Schnell erfüllte sich Paul Ignaz' Wunsch, ein Restaurant zu eröffnen, freilich nicht. Zwar besuchte er bald fleissig einen Kurs des Wirtevereins, und seine neue Freundin bot mit ihrer reichen Berufserfahrung Gewähr, dass das Unternehmen von Anfang an fachgerecht geplant werden konnte. Aber es gab einige Schwierigkeiten zu überwinden, zum Beispiel wegen der Lokalität. Paul Ignaz war in der ersten Juniwoche aus meinem Estrich in Meret Wengelers Wohnung ausgezogen. Er hatte sich in den Kopf gesetzt, die Gaststätte ins Zentrum der Altstadt zu legen, an den Spalenberg, ausgerechnet ins Erdgeschoss des Hauses, in dem ich wohnte. Er hatte offenbar schon Kontakte mit dem Hausbesitzer aufgenommen, und dieser stünde – so erklärte mir Brändli – dem Plan, das Parterre und möglicherweise auch das erste Stockwerk in einen Restaurationsbetrieb zu verwandeln, nicht ablehnend gegenüber. Wahrscheinlich rechnete der Mann sich aus, dass dann seine Probleme mit den Studenten, die im Haus bisher wie in einem Taubenschlag verkehrten, für immer gelöst seien. Da ich im obersten Stock gleich unter dem Estrich hauste, schien mich das nicht zu tangieren. Ich stand dem Projekt mit abwartendem und anfänglich durchaus wohlwollendem Interesse gegenüber – ja, ich bot Paul Ignaz an, mich ihm wenn nötig als Werbetexter und Ideenspender zur Verfügung zu stellen. Das Vorhaben, eine neue originelle Gaststube auf die Beine zu stellen, begann mich zu faszinieren.

Nur Silvia zeigte sich zusehends misstrauischer. Sie hatte klare Vorstellungen von unserer Zukunft als dort am Spalenberg wohnende dreiköpfige Familie. Meine kleine Wohnung hätte dazu nicht ausgereicht, und deshalb fasste sie auch die darunterliegende Wohnung ins Auge. Sie wollte, dass ich deswegen mit dem Hausbesitzer rede. Doch das hatte ich immer wieder aufgeschoben, ich wollte nichts überstürzen. Zudem schien Silvias Plan mit jenem von Paul Ignaz durchaus zu vereinbaren zu sein – denn das Haus war dreistöckig, dazu kam das Erdgeschoss, in dem eine greise Modistin ihre Hüte verkaufte. Es war vorauszusehen, dass sie dies nicht mehr lange tun könnte. Sie war gebrechlich und kam vielleicht ins Altersheim. Auch wenn sich Paul Ignaz' Restaurant über zwei Etagen inklusive Parterre verteilt hätte, hätten wir uns immer noch unsere zweistöckige Maisonette-Wohnung einrichten können. Ich versuchte das Silvia nahezulegen, doch sie blieb skeptisch.

ACHTES KAPITEL

Zumindest im ersten Jahr dieser unserer neuen Bekanntschaft hatten wir uns fast regelmässig zu gemeinsamen Unternehmungen getroffen: Wir besuchten Konzerte, das Theater, gingen zusammen ins Kino und an andere Veranstaltungen. Nachdem ich mit Silvias und Brändlis Unterstützung einen kleinen Gebrauchtwagen gekauft hatte, unternahmen wir auch harmlose Ausfahrten in die Umgebung, auf die Gempenfluh, auf eine Ponyranch, ins Schwarzwaldgebiet oder ins Elsass. Das vertiefte unsere Freundschaft; es entstand auch Anlass zu Neckereien, etwa, wenn ich wieder einmal vergessen hatte, den Benzintank genügend aufzufüllen. Nicht selten kam es vor, dass wir deswegen mitten während einer Ausfahrt steckenblieben; lauter Erlebnisse, die uns mit der Zeit das Gefühl gaben, so etwas wie eine kleine Familie zu sein. Ich war froh darüber, denn so verlor Silvia ihren Argwohn gegenüber Paul Ignaz und Meret und deren Mietansprüchen am Spalenberg, und anderseits schien mir Gewähr dafür geboten, dass sie unsere eigenen Wohnabsichten respektieren würden.

An einen gemeinsam besuchten Anlass erinnere ich mich, weil ich etwas beobachten konnte, was mich beeindruckte. Es handelte sich um eine kontradiktorische Wahlveranstaltung, wie sie vor Nationalratswahlen üblich sind. Es war im Spätsommer oder Frühherbst, so genau weiss ich das auch nicht mehr; jedenfalls war es ein warmer Abend. Der Vorsitzende, irgend ein Parteirepräsentant, der selber nicht kandidierte, stellte die Kandidaten vor. Und dann sah man sich plötzlich mit jener urkomischen Szene konfrontiert, die an Männerversammlungen immer wieder zu beobachten ist: Der Vorsitzende erteilt die Bewilligung oder vielmehr den Befehl, die Kittel auszuziehen, als ob nicht jeder einzelne der im Versammlungsraum Anwesenden selber hätte entscheiden können, wann und ob er sich des zu warm gewordenen Kleidungsstücks entledigen will – und als ob es so eminent wichtig sei, diese Verrichtung uniform auszuführen. Kittellose Männer – wie ich zum Beispiel, der ein geblümtes Sommerhemd und nichts darüber trug – waren von dieser Zeremonie ausgeschlossen, ebenfalls die anwesenden Damen. Es war zum Kichern, wie sich eine ganze Versammlung von ausgewachsenen Staatsverantwortlichen, Wirtschaftsbossen und ähnlicher Prominenz auf die schlichte Anweisung eines Vorsitzenden wie von der Tarantel gestochen erhob, um – die einen fast linkisch-gequält, die anderen schneidig-sportlich, aber alle gleichzeitig – ihre Kittel auszuziehen und an die Rückenlehne zu hängen. Diese von jahrhundertelanger Einübung in militärische Befehlsschulung und

Gehorsamsrituale geprägte Verhaltensweise hatte mich immer wieder von neuem verblüfft. Die nullkommaplötzliche Unterordnung von Individuen unter einen starren Kollektivzwang – und das bei der Erledigung eines so banalen Vorgangs, wie es das Ausziehen von Kitteln ist! Eine groteske Blüte der Sorge um Wahrung männlicher Würde durch Uniformierung selbst der belanglosesten Verrichtung. Durch die verhaltensforschende Brille entging es mir nicht, dass ein einziger Mann an jenem Abend seinen Kittel nicht mit den anderen ausgezogen hatte. Ja, er hatte ihn, trotz der Wärme, den ganzen Abend anbehalten: Paul Ignaz Brändli. Das hatte mich beeindruckt. Er harrte, eingezwercht in seinen dunklen Rock, bis zum Ende der Veranstaltung aus, unangefochten schweissstriefend.

Anschliessend luden uns Meret und Paul Ignaz in ihre Wohnung. Es war eine Dreizimmerwohnung aus der Retorte: Ein viel zu enges, künstlich beleuchtetes Foyer führte in ein relativ geräumiges Wohnzimmer, in das ungehindert die Kochdüfte aus einer fensterlosen und nur unzulänglich ventilierten Küche strömen konnten. Das mickerige Badezimmer mit Toilette war ebenso stereotyp in seinen Grundrissen wie die restlichen zwei kleinen Räume, die als Elternschlafzimmer beziehungsweise Kinderzimmer gedacht waren. In diesen sterilen Zimmern hatte Meret Wengeler versucht, eine wohnliche Landschaft zu gestalten, die die Phantasielosigkeit des Architekten einigermassen vertuschte und dafür die Persönlichkeit der Bewohner unterstreichen sollte. Paul Ignaz freilich hatte seine schrullige Eigenbrödelei, die Silvia und mich dazu verführt hatte, ihn für einen ehemaligen Priester zu halten, auch bei Meret Wengeler beibehalten. Er schien von Meret getrennt in seinem kurzen Bett im Kinderschlafzimmer zu schlafen, und diesen Raum schien er meistens abgeschlossen zu halten, ebenso seinen Kleiderschrank. Ich bemerkte dies an jenem Abend, als ich ihn in sein Zimmer begleitete, wo er den Büroordner mit der Korrespondenz aufbewahrte, die er über die geplante Restaurantseröffnung führte. Während Meret und Silvia in der Küche eine Spaghettisauce zubereiteten, folgte ich ihm zu seinem Zimmer, dessen Tür er mit einem Schlüssel, den er seiner Kitteltasche entnahm, aufschloss. Nachher öffnete er, ebenfalls mit einem auf sich getragenen Schlüssel, den Kleiderschrank, um ihm den Ordner zu entnehmen.

Ich warf einen Blick in den Kasten. Auf dem hohen Schaft, über den an den Bügeln hängenden Kleidern, sah ich den grossen, schwarzen Hut, den er bei seiner Ankunft in Basel getragen hatte. Seit seinem Auszug aus meinem Estrich hatte er ihn nie mehr aufgehabt. Wie ein heiliger Gegenstand thronte er hier im Kasten, geschützt vor den Blicken Uneingeweihter.

Paul Ignaz verschloss den Kasten hastig und führte mich aus dem Zimmer. Den Büroordner trug er ins Wohnzimmer, wo Meret und Silvia den Tisch gedeckt hatten. Dann zog er sich für eine Weile in sein Zimmer zurück, während ich in dem Ordner, der nun auf dem Esstisch lag, zu blättern begann. Ich sah Briefe des Wirtevereins, ich erhielt Einblick in Paul Ignaz' Kontakte mit amtlichen Stellen, aber auch in Durchschläge von Briefen, die er meinem Wohnungsvermieter am Spalenberg geschrieben hatte. Die interessierten mich besonders. Stutzig machte mich ein Abschnitt in einem solchen Brief. «Da ich beabsichtige», so las ich, «mich demnächst mit der Gérantin Meret Wengeler zu vermählen, mit der ich zusammen das Restaurant führen werde, käme es vielleicht in Frage, dass wir in Ihrem Haus nicht nur unser Restaurant eröffnen, sondern auch privat einziehen. Ich wäre froh, wenn wir uns bald darüber unterhalten könnten. Vielleicht haben Sie einmal Zeit, bei uns zu einem Nachtessen zu erscheinen. Meine Braut und ich laden Sie schon jetzt herzlich dazu ein!»

Ich war einigermassen erschüttert. Im Klartext hiess das doch nichts anderes, als dass die Brändlis es mindestens auf jene Studentenwohnung abgesehen hatten, die Silvia und ich für unsere Zukunft reserviert haben wollten. Silvia hatte mit ihren Befürchtungen also doch recht gehabt!

Als Brändli aus seinem Zimmer zurückkehrte, sah er missbilligend auf mich und den geöffneten Ordner. Es war ihm offensichtlich unangenehm, dass ich in allen Briefen geschnüffelt hatte. Er hatte mir etwas ganz besonderes zeigen wollen: den Brief, mit dem ihm mitgeteilt wurde, dass er keine Bewilligung erhalten könne, in seiner Gaststube Alkohol auszuschenken. Ich hatte mich dafür als Journalist interessiert, da ich über die betreffende Bewilligungspraxis einen Artikel schreiben wollte. Doch jetzt hatte ich in einem anderen Brief geschnüffelt, in dem Brändlis listiges Bestreben, Silvia und mir die zweite Etage am Spalenberg wegzuschnappen, offen zutage trat. Als Meret und Silvia mit der dampfenden Spaghettischüssel aus der Küche kamen, waren sie ahnungslos. Brändlis Verstimmung mochte sie erstaunt haben; aber während des Essens vergass man das schnell. Brändli war kaum wiederzuerkennen. Er hatte sich, während ich in seinem Ordner blätterte, umgezogen. Er trug jetzt ein leichtes, offenes Sporthemd und helle, enganliegende Hosen. So wirkte er unerwartet sportlich, geradezu athletisch mit seinen muskulösen, schlanken Armen und Beinen und der kräftigen, behaarten Brust. Nur die Haut wirkte unverhältnismässig bleich. Ober er heimlich Hanteln hob oder Liegestütze übte? Während seines Aufenthalts in meinem Estrich hatte ich nie derartiges bemerkt.

NEUNTES KAPITEL

Auch nach dem nächtlichen Spaghetti-Essen hatte ich Silvia meine Entdeckung in Brändlis Briefordner vorerst verschwiegen. Sie hatte mir früher häufig Vorwürfe gemacht, weil ich mit dem Wohnungsvermieter keine Verhandlungen aufnahm, in denen ich unsere Ansprüche hätte klarlegen sollen. Nun hielt ich es für klüger, die Angelegenheit heimlich zu erledigen und sie erst, nachdem die Wohnung sichergestellt sein würde, mit Brändlis Vorprellen vertraut zu machen. Dabei war ich nicht einmal sicher, ob das vernünftig gewesen wäre – dem späteren Hausfrieden hätte es vielleicht geschadet. Da ich die Sache schnell ins Reine bringen wollte, telefonierte ich schon am nächsten Morgen dem Hausbesitzer. Der zeigte sich an unseren Plänen interessiert, doch machte er kein Hehl daraus, dass bei ihm auch schon Paul Ignaz Brändli vorstellig geworden sei, der ebenfalls heiraten wolle und sich für die betreffende Wohnung interessiere. Für ihn sei das kein leichter Entscheid, gab er mir zu bedenken. Gerne würde er es beiden Parteien recht machen, als Hausbesitzer sei er an einem Zwist nicht interessiert. Wann wir denn zu heiraten beabsichtigten, wollte er noch wissen. Obwohl Silvia und ich unsere Heiratsabsichten immer wieder aufgeschoben und noch keinen konkreten Termin abgemacht hatten, flunkerte ich, dass unsere Hochzeit im nächsten Frühjahr stattfände. Auf dann wolle auch Herr

Brändli sein Restaurant eröffnen, informierte der Hausbesitzer; jedenfalls würde er mir innert nützlicher Frist Bescheid geben.

Die Spannungen, die sich aus dieser Wohnungsgeschichte ergeben hatten, wurden äusserlich von beiden überspielt. Es war geradezu grotesk, wie Paul Ignaz und ich unseren Bräuten gegenüber ungebrochene Eintracht demonstrierten – und es gab Augenblicke, da glaubte ich selber daran.

So weihte mich Paul Ignaz in gewisse Vorbereitungsarbeiten für die Lokaleröffnung ein. Er schilderte mir zum Beispiel, dass er andere Lokale studiere und mit anderen Wirten diskutiere, um die von ihnen gemachten Erfahrungen für seine Gaststube nutzbringend anzuwenden. Besonders schien ihn die Aktion eines Restaurateurs beeindruckt zu haben, der regelmässig einen Eintopf auftischen liess. Dieser erfreute sich in den Armee-Feldküchen seit langem einer grossen Beliebtheit. Die kräftige Fleischsuppe wurde in authentischen Militärgamellen serviert, ein Detail, das vor allem bei ehemaligen Militärdiensttauglichen älteren Semesters sentimentale Erinnerungen heraufzubeschwören schien. Jedenfalls sassen in jenem Lokal stets genüsslich mampfende graumelierte Herren, wobei der Anblick der ihnen vorgesetzten Gamellen sie besonders glücklich zu machen schien. Paul Ignaz war es nicht entgangen, dass diese treuherzige Bescherung für Militärküchen-Nostalgiker eine treue und dankbare Stammkundschaft sicherzustellen imstande war. Nicht, dass er die Aktion kopieren wollte – die zum Teil verbeulten und arg verwitterten Gamellen auf den sauberen Tischtüchern hatte er als störend empfunden, wie er mir gestand. Zudem sah er für sein zu gründendes Restaurant ein gemischtes Publikum vor, also auch Jugendliche, Hausfrauen und ganze Familien mit Kindern. Allzu Einseitiges wollte er vermeiden. Aber die Idee, mit einer bestimmten Atmosphäre und gewissen Attraktionen darauf ansprechendes Publikum ins Lokal zu locken, wollte er aufgreifen und möglichst vielseitig anwenden. Dabei war auch zu berücksichtigen, dass im neuen Restaurant kein Alkohol ausgeschenkt werden durfte – eine bedauerliche Einschränkung, wie Paul Ignaz fand, da seiner Meinung nach viele Feinschmecker zum Essen gerne Wein genehmigten. Die Brändlis gaben die Hoffnung allerdings nicht auf, dass sie die Bewilligung für den Alkoholausschank irgendwann später doch noch erlangen könnten. Vorläufig blieb ihnen nichts anderes übrig, als die Gaststube alkoholfrei zu konzipieren.

Um schon am frühen Morgen anspruchsvolle Geniesser ins Restaurant zu locken, plante Paul Ignaz, ein sogenanntes Lucullus-Frühstück, wie er es nannte, zu bieten: Ein ausgewähltes und dennoch preisgünstiges Angebot für Feinschmecker, bestehend aus zwei Tranchen Lachs, Toastbroten, Butter, Zitronenschnitzen, Kapern, Perlzwiebeln und, als eigentliche Pointe, zwei Kaffeelöffeln Kaviar-Ersatz. Für die Nachmittagsstunden wollte er einen volkstümlichen Handharmonikaspieler und Sänger engagieren, der ein sogenanntes Familienprogramm zu bieten hatte, an dem vor allem auch Hausfrauen und Rentner ihre Freude haben konnten. Gleichzeitig versuchte Paul Ignaz, wie er mir anvertraute, prominente Gäste ins Lokal zu locken. Der betreffende Musiker war, so hatte Brändli erfahren, der Schwiegervater eines Regierungsrates. So war anzunehmen, dass er bald auch einmal diesen Politiker samt Freunden und Familienanhang ins Restaurant ziehen würde, was dem guten Ruf des Lokals genützt und möglicherweise eine ideale Voraussetzung für die spätere Erlangung des angestrebten Alkoholausschanks ergeben hätte. (Dass dann, nachdem einige Monate später das Lokal eröffnet worden war, weder der Regierungsrat noch seine Familie dorthin fanden, gehörte zu den Enttäuschungen aufgrund allzu hoch gesteckter Ziele. Der Musikant entpuppte sich nämlich als das schwarze Schaf der regierungsrätlichen Familie und wurde somit zur Belastung auch für die Brändlis.)

In den späten Abendstunden beabsichtigte Paul Ignaz schliesslich, auch den damals in Basel noch zahlreichen Jazzfreunden etwas zu bieten. Ich vermittelte ihm einen modernen Posaunisten mit Sinn für leise Töne; laute Musik wäre nicht in Frage gekommen in diesem Haus, da dies Schwierigkeiten mit den Nachbarn gegeben hätte. Zudem dachte ich an mich selber, der ich im obersten Stockwerk wohnte, und an Silvia, die, wenn alles gut ging, bald in die darunter liegende Wohnung einziehen würde. Jedenfalls hoffte ich immer noch auf einen baldigen positiven Bescheid des Hausbesitzers. Inzwischen hatte ich Silvia meine diesbezüglichen Beziehungen geschildert – ohne freilich Paul Ignaz' Brief zu erwähnen –, um mir weitere Vorwürfe von ihrer Seite zu ersparen.

Ein Plakat, das ich beim Eingang zum Kellertheater unten am Spalenberg entdeckt hatte, inspirierte mich noch in jenem Herbst zu einer weiteren Idee, die Paul Ignaz aufgriff und sofort in die Tat umsetzen wollte. Das Plakat kündigte die Aufführung des Kindermärchens «Frau Holle» an, und während ich kurz darauf in meiner Küche sass und mir eine Omelette zubereitete, hatte ich einen Einfall, der sich zwischen Kitsch und kindischer Spielerei zu bewegen schien. Paul Ignaz war aber hell begeistert. Ich entwarf ein neues Kindermenü, das ich «Pfannkuchen Frau Holle» nannte. Das Menü an sich war keinesfalls revolutionär: Es handelte sich um eine schlichte, mit

Apfelschnitzen gefüllte und Zucker bestreute Omelette. Das Originelle war die Präsentierungsart: Ich stellte mir einen Keramikteller vor, an dessen hinterem Rand in einer runden Vertiefung eine in Ton geformte, bunt bemalte, ein Bettkissen ausschüttelnde Miniatur-Frau-Holle steckte. Der Zucker konnte aus dem von der Märchenfigur gehaltenen, als Zuckerbehälter konstruierten Kissen auf die Omelette gestreut werden. Paul Ignaz nannte mich ein Genie, nachdem ich ihm diesen Einfall geschildert hatte. Er bat mich, einen Keramiker ausfindig zu machen, der eine Serie der von mir entworfenen «Frau-Holle-Teller» herstellte, und zwar bis im nächsten Frühjahr, spätestens bis kurz vor Fasnachtsbeginn. Bis dann wollte Paul Ignaz Frau Wengeler heiraten und das Lokal eröffnen. Das war für mich ein Leichtes, denn ich kannte einen Keramiker persönlich, einen Künstler, der für seine aparten Gefässe schon internationale Preise bekommen hatte – davon allerdings nicht leben konnte, weshalb er, zum Geldverdienen, auch noch Fasnachtsfiguren formte und verkaufte, Souvenirs für Heimweh-Fasnächtler und Touristen. Das war der richtige Mann für einen solchen Auftrag.

Brändlis Euphorie versuchte ich zu nutzen, indem ich ihn diskret daran erinnerte, dass bald auch ich heiraten würde und Silvia demnächst ins Haus am Spalenberg einziehen wollte. Ich hoffte, er habe meinen Wink verstanden; ich war damals zuversichtlich und glaubte, dass er sein Bemühen, uns die Wohnung wegzuschnappen, aufgeben würde, aus Dankbarkeit für meinen Tip mit dem «Pfannkuchen Frau Holle». Als Idealist, der ich damals war, machte ich dafür keine weiteren Ansprüche geltend. Es war gewissermassen mein Geschenk an die «Spalenberg-Stube», wie die Brändlis ihr Lokal zu taufen beabsichtigten. Paul Ignaz hatte zwar etwas von «Gewinnbeteiligung» gemurmelt, doch ich hatte das ignoriert. Ich wollte mit der «Frau Holle» kein Geld verdienen. Mit der Respektierung unserer Wohnungspläne wäre ich vollends zufrieden gewesen.

ZEHNTES KAPITEL

Kaum hatte das neue Jahr begonnen, nahmen die Handwerker ihre Arbeiten in den geräumten unteren zwei Stockwerken auf. Es war geplant, das Lokal in der Woche vor Fasnacht offiziell zu eröffnen – aber auf diesen Termin wurde das Restaurant nicht fertig. Natürlich hatten die Brändlis gehofft, während den Fasnachtstagen gleich zu Beginn ihrer Wirtelaufbahn ein gutes Geschäft zu machen. Sie zeigten sich dennoch nicht unglücklich, dass die Eröffnung auf einige Wochen später verschoben werden musste. Der Fasnachtsrummel hätte den neuen Betrieb möglicherweise überfordert, und ein sukzessiver Aufbau des Geschäfts erschien ihnen schliesslich doch vorteilhafter als ein gewaltiger Fasnachtsumsatz mit dem Risiko des organisatorischen Zusammenbruchs. Kam dazu, dass die Brändlis, noch bevor der Frühling anbrach, den Bund der Ehe schlossen. Obwohl offenbar keine eigentlichen Flitterwochen vorgesehen waren, konnten sie sich jetzt doch vermehrt auch ihren privaten Angelegenheiten widmen.

Dieser Hochzeit sahen Silvia und ich gespannt entgegen. Zwar wussten wir nun, dass Paul Ignaz kein abtrünniger Priester, sondern ein früherer Postbeamter war, und wir konnten uns auch in sein trauriges Schicksal als Witwer einfühlen. Unklar blieben hingegen seine verwandtschaftlichen und bekanntschaftlichen Beziehungen. Über seine Eltern beispielsweise hatte er nie ausführlich erzählt. Wir wussten nur, dass sein Vater ein Friedhofbeamter war; doch ob er noch lebte, hatte er uns verheimlicht. Auch darüber, ob er beispielsweise Geschwister habe, schwieg er sich aus. Seine Kindheit war irgendwie tabu. Auch wenn wir, Silvia und ich sowie Meret, auf unseren gemeinsamen Ausflügen unsere eigenen Kindheitserinnerungen auskramten, übte er sich in Geheimniskrämerei – aber wir hatten uns mittlerweile dran gewöhnt und respektierten ihn als eigensinnigen Kauz. Vielleicht hatte er eine unerfreuliche Jugend; vielleicht war er ein Unerwünschter gewesen, der in Heime abgeschoben worden war, sagten wir uns. Vor allem Silvia, die selber einen Punkt in ihrem Leben wie ein Geheimnis hütete, indem sie ihn jeder Diskussionsmöglichkeit entzog, zeigte grosse Anteilnahme und Verständnis. Für sie war es selbstverständlich, dass wir Paul Ignaz' «Gespenster seiner Kindheit», wie sie es nannte, nicht heraufbeschworen, und sie schien sich bereits Vorwürfe zu machen, dass wir ihm durch unsere anfänglichen Mutmassungen und Nachforschungen über sein Vorleben zugesetzt hätten.

Dieser introvertierte Mann erwies sich jetzt aber immerhin als so gesellig, dass er sich nicht nur erneut verheiratete, sondern sogar zielstrebig ein Unternehmen aufbaute, das beträchtliche Anforderungen an seine zweifellos vorhandenen kommunikativen Fähigkeiten stellte. Von seiner Hochzeit mit Meret versprach ich mir näheren Aufschluss über seinen bisher sorgsam gehüteten Verwandten- und Bekanntenkreis, und natürlich sah ich auch neugierig Meret Wengelers familiärem Anhang entgegen, den wir aufgrund ihrer Schilderungen zum Teil freilich schon zu kennen glaubten.

Meine Erwartungen wurden dann allerdings vorerst enttäuscht. Schon etliche Wochen vor der Vermählung hatten uns Meret und Paul Ignaz darauf vorbereitet, dass daraus eine vergleichsweise bescheidene Sache würde. Es war lediglich eine Ziviltrauung vorgesehen, und das Bedürfnis nach einem grossen, glanzvollen Fest schienen die beiden nicht zu verspüren. Jedenfalls wollten sie darauf verzichten, eine umfassende Gästeschar einzuladen. Einerseits begründeten sie es damit, dass ja schon wenig später das Fest zur Eröffnung der «Spalenberg-Stube» genügend Gelegenheit zum Festen bieten werde, und anderseits machten sie kein Hehl daraus, dass die Trauung für sie vor allem ein praktischer Vorgang sei. Da beide früher schon einmal verheiratet gewesen waren – Paul Ignaz war Witwer, Meret geschieden –, war es irgendwie auch verständlich, dass sie die Aussicht auf diese neue Ehe nur mit mässiger Euphorie erfüllte. So machten wir uns auf eine verhältnismässig nüchterne Veranstaltung gefasst.

Es war ein nasskalter, regnerischer Märzmorgen, als Silvia und ich aufs Zivilstandsamt gingen. Wir hatten uns etwas verspätet, und das Trauungszeremoniell schien bereits im Gang zu sein. Jedenfalls empfing uns vor der Tür des entsprechenden Raums eine einzige Person, eine festlich geschmückte junge Frau mit einem weit ausgeschnittenen, blütenweissen, reich bestickten Rock, dessen Saum den Boden streifte. Als sie uns sah, stellte sie sich uns in ihrer vollen Pracht entgegen, warf ihr langes Haar kokett nach allen Seiten und nestelte an ihrem Dékolleté.

«Sie sind Herr Wolf?», fragte sie mich. Ich bejahte und stellte ihr Silvia vor, die verhältnismässig schlichter angezogen war.

«Sie sind da drin», informierte sie uns dann, «sie werden bald fertig sein. Ich wollte nicht mit rein – ich ertrage solche Rituale nicht. Sie bringen mich zum Weinen. Es ist ja schade, dass die beiden sich nicht auch kirchlich trauen lassen!»

Ich erkundigte mich noch, wieviele Gäste es habe.

«Wir sind die einzigen», behauptete die Wartende, die sich inzwischen als Frau Frisch vorgestellt hatte.

«Die einzigen?»

Ich traute meinen Ohren nicht. Es stellte sich heraus, dass die Brändlis tatsächlich nur Silvia und mich sowie diese Frau Frisch eingeladen hatten – dazu Frau Frischs Gatten, dem aber die Funktion eines Trauzeugen überbunden worden war, und schliesslich eine Frau Sonderegger, offenbar eine Freundin von Meret Wengeler, die ebenfalls als Trauzeuge eingesetzt war. Als ich das hörte, beschlich mich der Verdacht, die Brändlis hätten Silvia und mich sowie Frau Frisch nur höflichkeitshalber eingeladen. Vielleicht hatten sie ursprünglich nur die Trauzeugen vorgesehen, und dann mochten ihnen unsere ewigen Erkundigungen nach der Hochzeit zur Belastung geworden sein, und sie konnten wohl gar nicht mehr anders, als uns als lebhaft Anteilnehmende ebenfalls zum Fest zu bitten. Frau Frisch dürfte als Begleiterin ihres Gatten gekommen sein; es war ja seltsam genug, dass die Brändlis nur ihn als Trauzeugen einsetzten. Ihr Mann sei übrigens Brändlis Fleischlieferant für die «Spalenberg-Stube», hörten wir noch von Frau Frisch. Eine andere Beziehung schien nicht zu bestehen. Ich fand das bedenklich, um nicht zu sagen geschmacklos: Die Hochzeit war doch eine private Angelegenheit – aber Brändli liess einen Menschen als Trauzeugen auftreten, mit dem ihn nur geschäftliche Interessen verbanden. Durch wiederholte spitzige Bemerkungen gegen Frau Sonderegger machte die Metzgersgattin dann noch ihr Unbehagen darüber deutlich, dass man eine

Fremde und nicht sie neben ihrem Mann mit diesem Amt betraut habe.

Wir mussten nicht lange warten. Das frisch vermählte Paar und seine Trauzeugen kamen bald aus dem Heiratszimmer. Obwohl wir Jürg Frisch und Carmen Sonderegger vorher nie gesehen hatten, verlief die Begrüssung beinahe stürmisch, ja familiär. Die Brändlis waren ein wirklich schmuckes Paar. Sie hatten sich zwar nur verhalten festlich gekleidet, als ob sie ihre gedämpfte Begeisterung auch damit unterstreichen wollten; aber beide strahlten wie ein junges Liebespaar. Meret stellte uns auch ihre Freundin Carmen Sonderegger vor, eine vollbusige junge Dame mit rotem Lockenkopf und einem sensiblen, ausdrucksstarken Gesicht, in dem zwei wache Augen weit offenstanden; nichts schien ihnen zu entgehen. Frau Sonderegger habe früher in einem Ehevermittlungsbüro gearbeitet, erklärte uns Meret, und sei nun im Kleinbasel als Bardame tätig; zudem belege sie neuerdings Fernkurse für angewandte Psychologie. «Sie sind also die Trauzeugin?», bemerkte ich, lebhaft ihre Hand schüttelnd. – «Ah, wissen Sie, ich eigne mich ja eher als Scheidungsvermittlerin», antwortete sie mit dunklem Lachen; «eigentlich hätte ich gar nicht annehmen sollen – Frau Frisch wäre sicher geeigneter gewesen als ich!» Über das Mondgesicht der Metzgersgattin huschte ein befriedigtes Lächeln. Die Bemerkung der Bardame schien ihr gut getan zu haben.

Paul Ignaz zeigte sich aufgeräumt wie selten zuvor. Dem nun einmal gewählten Stil dieser Hochzeit entsprechend war kein Festbankett im üblichen Sinn vorgesehen, sondern eine gewiss üppige, vom äusseren Rahmen her jedoch unauffällige, ja geradezu triviale Mittagsmahlzeit im Restaurant «Gifthüttli». Dort hatte Brändli einfach einen Tisch für sechs Personen reservieren lassen – er schien nicht einmal angekündigt zu haben, dass es sich um eine Hochzeitsgesellschaft handelte –, und jeder konnte nach der Karte bestellen, wonach ihn gelüstete. Obwohl das alles schlicht wirkte, wurde es für mich zu einem der denkwürdigsten Essen. Bei einem Menschen wie mir, der als Journalist schon an unzähligen Festbanketten teilzunehmen hatte, will das etwas heissen.

Während Jürg Frisch und ich schon gleich bei unserer Ankunft unsere Kittel an die Stuhllehnen gehängt hatten, behielt der Bräutigam sein dunkles Oberkleid an. Er blieb eine feierliche Erscheinung bis zum Schluss des Essens, irgendwie steif und würdevoll. Die Ausstrahlung seiner Erscheinung konnte über die mangelnde Festdekoration hinwegtrösten. Hätte er unsere Speisen mit segnender Gebärde geweiht, es hätte mich nicht erstaunt.

Schon als wir das Essen bestellten, entwickelte Frisch ein Imponiergehabe, das in mir und Silvia gemischte Gefühle weckte. Silvia hatte sich mit einem «Risotto Eierschwämmli» begnügt, ich und Frau Sonderegger entschieden uns für «Leberli Mexicaine»; die Brändlis bevorzugten ein Rösti-Gericht mit grosser Bratwurst, welchem Gelüst sich auch Frau Frisch anschloss, während sich Jürg Frisch schliesslich über ein blutiges Riesenbeefsteak hermachte. Das sei nur eine Verlegenheitslösung, liess er uns wissen; eigentlich hätte er lieber ein Château-Briand mit Sauce Béarnaise oder ein Filet Wellington verspeist. Mit dezidierten Gebärden und Worten hatte er vorerst versucht, den einen dieser Wünsche durchzusetzen – vergeblich, denn beide Menüs wurden nur bei Vorbestellung von mindestens einem Tag serviert, wie die Serviertochter und nachher auch der Küchenchef beteuerten. Dieser hätte sich schliesslich bereit erklärt, Filet Wellington trotzdem herzuzaubern, aber nur für mindestens vier Personen.

Dieses Vorhaben scheiterte, weil wir alle, übrigens auch Paul Ignaz, Frisch die Gefolgschaft versagten. Wir hatten unsere bescheideneren Menüs bereits ausgewählt und waren nicht gewillt, uns dem Imponierdruck des Metzgers zu fügen. Interessanterweise auch Frau Frisch nicht. Brändlis Fleischlieferant konnte seine Verstimmung nur schlecht verbergen.

Erstaunlich war für mich aber auch meine Entdeckung von Paul Ignaz als Entertainer. Der Bräutigam verstand es vorzüglich, die kleine Gästeschar mit skurril-versponnenen Geschichten aus seiner früheren Zeit als Postbeamter zu fesseln. Dabei wurde er, auch bei zunehmender Ausgelassenheit der Zuhörer, nie ordinär. Wenn man ihm so lauschte, entstand das Bild eines Mannes, dessen bisheriges Leben sich vorwiegend auf nächtlichen Eisenbahnfahrten in Postzügen abgewickelt habe. Seinen Schilderungen haftete etwas Gespenstisches an. Paul Ignaz nannte dies das «Postloch», aus dem viele seiner früheren Kollegen ein Leben lang nicht mehr hinauskämen. Ihm selber sei es, auch nur dank einer aussergewöhnlichen Anstrengung und viel Glück, endlich gelungen. Allerdings auch nur teilweise, wie er betonte. «Jeder hat sein Päcklein zu tragen», meinte er mit einem tiefen Blick in die Runde. Niemand widersprach ihm. Nur Carmen Sonderegger bemerkte vieldeutig: «Was so ein Postpäcklein nicht alles zu bewirken vermag!» Das brachte alle, ausser Paul Ignaz, zum Lachen.

Eine andere Überraschung bereitete mir der weitere Verlauf des Gesprächs während des Essens. Einer Bemerkung von Frau Sonderegger entnahm ich, dass diese Paul Ignaz mit Meret bekanntgemacht habe. Ich erhielt den Eindruck, als ob die Trauzeugin das Paar gekuppelt hätte, und zwar an ihrer Bar. Ich witterte da erstaunliche Zusammenhänge und liess nicht locker, um auch dieses Geheimnis zu lüften. Dann hätte Paul Ignaz Carmen Sonderegger gekannt, bevor er mit Meret bekanntgeworden wäre? Mich – und natürlich auch Silvia – interessierte überdies die Frage, wann und wo denn Brändli Carmen zum erstenmal begegnet sei, denn er war – so jedenfalls hatte er es uns immer versichert – noch nie in Basel gewesen, bevor ich ihn bei seiner Ankunft am Bahnhof zum erstenmal erspäht hatte. Und als er in meinem Estrich hauste, hatte er sich auch nie über eine solche Bekanntschaft geäussert. Vielleicht hatte Carmen früher am Murtensee gewohnt, oder er hatte sie auf seinen Lehr- und Wanderjahren als nächtliche Postzüge begleitender Beamter unterwegs getroffen, an irgend einer Bar in Zürich, Bern oder Genf, zwischen welchen Städten seine Geschichten sich zum Teil abwickelten? Meine Spekulationen, die ich freimütig äusserte, veranlassten Carmen zu einer Richtigstellung: «Paul Ignaz war im letzten Frühjahr mein treuester Gast in meiner Bar», sagte sie; «er hatte mich derart beeindruckt, dass ich ihn gleich für die Stelle als Rausschmeisser empfahl, die damals freigeworden war ...»

«... und dann hast du mich gleich auch noch mit Meret bekanntgemacht», fügte Paul Ignaz etwas kleinlaut hinzu.

«Du warst wirklich Rausschmeisser in Carmens Bar?», vergewisserte ich mich. Ich konnte es kaum glauben. Ich studierte misstrauisch sein gediegenes Profil, doch dann blieb mein Blick an seinem kräftigen Nacken hängen, und ich erinnerte mich an seine Armmuskeln, die ich nach der Wahlveranstaltung bei ihm zuhause gesehen hatte.

«Das war ich», sagte Paul Ignaz leicht verlegen; er schien nicht besonders stolz darauf zu sein; «ich hatte etliche schwere Brocken hinauszubefördern!» Carmen Sonderegger nickte genüsslich.

Der Geheimniskrämer! Deshalb also seine spätabendlichen und -nächtlichen Abwesenheiten in jenem Frühjahr ... Der Kerl hatte uns auch das verheimlicht!

Es war mir nicht entgangen, dass Silvia, die unser Gespräch schweigsam verfolgt hatte, hin und wieder zum gegenüberliegenden Tisch gestarrt hatte. Ich folgte ihrem Blick und sah endlich, was sie beschäftigte. Da hockte, in einer Nische, doch tatsächlich Hugo Mischler, jener sagenumwobene Gelegenheitsarbeiter, der vorübergehend als Chauffeur von Silvias Schwager Pompidou, einem stadtbekannten Kunstmaler, tätig war und im übrigen einige uneheliche Kinder in die Welt gesetzt hatte, die in Tages- und anderen Heimen einer unsicheren Zukunft entgegenwuchsen. Ich kannte eine dieser Mütter, eine Serviertochter, die zwei Selbstmordversuche hinter sich hatte und später auf den Strich ging. Das erstaunliche an Hugo Mischler aber war, dass er jetzt im «Gifthüttli» mit Klara Windisch, der Tochter eines Yoga-Lehrers, schmuste. Bei diesem Yogi und Antiquitätensammler hatte Silvia früher einen Kurs besucht. Ein weiterer pikanter Zufall wollte es, dass der Bruder jenes Seelenführers – ein Privatgelehrter –, ein Haus am Murtensee besass, das er seinem Bruder für dessen Wochenend-Meditationen zur Verfügung stellte. Silvia kannte dieses Haus; sie hatte darin schon mehrere Wochenenden verbracht. Bei dieser Gelegenheit erinnerte ich mich, dass sie mir erzählt hatte, wie der Yogi an einem der Weekends auffallend grosse Mengen Pouletschenkel verzehrt habe. Das hatte Silvia irritiert; mich hatte es eher belustigt.

Das ungleiche Paar am gegenüberstehenden Tisch liess auch mir keine Ruhe. Ich verstand Silvias Unbehagen, und ich war froh, dass die beiden nicht an unserem Tisch sassen. Die etwas grobschlächtige Art von Hugo Mischler kontrastierte mit jener der Tochter des Yogi, dessen schiefes, längliches Gesicht in ihrer Physiognomie durchschien. Im Vergleich mit ihrem Vater wirkte sie aber geradezu kräftig. Es war nicht allein der gewaltige kahlrasierte Schädel Hugo Mischlers, der Silvia Furcht einflösste, wie sie mir nachträglich gestand; vielmehr noch war es sein dumpfes, irgendwie hämisches Grinsen, das ein schäbiges Gebiss mit vielen Lücken und einigen faulen Zähnen freilegte. Zudem war es bedrückend, mitansehen zu müssen, wie die Yogi-Tochter ihr Haupt an die bärenhafte Brust des merkwürdig morbiden Mannes lehnte, und wie dieser seine rechte Pranke um eine ihrer Schultern legte.

Bisher hatte Paul Ignaz, ohne dass er sich aufgedrängt hätte, im Mittelpunkt des Interesses gestanden. Das begann Jürg Frisch offensichtlich zu nerven. Verschiedene Male hatte er vergeblich versucht, die Aufmerksamkeit auf sich zu lenken. Jetzt, da Silvia und ich zum anderen Tisch hinübersahen, entdeckte auch Frisch Hugo Mischler, den er offenbar ebenfalls kannte, und zwar persönlicher als wir. Diesen Mann nun holte der Metzger gewissermassen zur Verstärkung an unseren Tisch – unter dem Vorwand, mit ihm den Kauf eines Papageien zu besprechen. Offenbar handelte der Freund der Yogi-Tochter mit solchen Vögeln. Hugo Mischler steuerte allein auf uns zu; seine Freundin blieb geduldig in der Nische sitzen. Er hockte sich zwischen mich und Silvia an eine Tischecke, um sich mit dem schräg gegenüber sitzenden Metzger zu unterhalten. Dabei warf er zwei Weinflaschen um; aus der einen floss Rotwein auf Frau Frischs schönes Kleid, was diese sehr beleidigte. Die mannigfaltige Speisewahl hatte zur Folge gehabt, dass auch verschiedenartige Weinsorten bestellt wurden, und ich muss sagen, da liess sich Paul Ignaz nicht lumpen. Nach einigen Stunden gemütlichen Beisammenseins, wobei auch grosszügige Desserts und der schwarze Kaffee mit Schnäpsen nicht fehlten, glich unser Tisch dem Flaschendepot einer Weinhandlung; die Auswahl reichte vom Dézaley über den Rosé d'Anjou bis zum Vosne Romanée. So besehen konnte man Hugo Mischler nicht böse sein. Ich schenkte ihm ein Glas Château-neuf du Pape ein, das er schmatzend genehmigte.

Jürg Frisch war es tatsächlich gelungen, betretenes Schweigen zu verbreiten. Eine Zeitlang hörte man nur die Stimmen der beiden, die um den Preis und den Termin der Lieferung des Papageis diskutierten. Schliesslich fachsimpelten sie ganz allgemein über den Handel mit diesen tropischen Tieren. Carmen betrachtete versonnen Hugos Kahlschädel. Später kramte sie aus ihrer Tasche achtundvierzig Karten mit vergilbten Fotografien von Menschenköpfen und begann, sie zu ordnen.

«Ach, der Szondi-Test!», rief Meret.

«Der – was?», polterte Frisch, dem es offensichtlich nicht passte, dass sein Papagei-Gespräch Konkurrenz erhielt.

«Der Szondi-Test», belehrte Paul Ignaz, der über diese Sache bestens informiert schien, «ein Test für die Schicksalsanalyse. Sie macht menschliche Triebe sichtbar.»

«Das sind ja Verbrechergesichter!», entsetzte sich Mathilde Frisch, als sie die verschiedenen Köpfe sah.

«Nein, nein, weisst du, das sind alte Fotos aus einer psychiatrischen Klinik», beschwichtigte Carmen. Ihr Blick, der einen pflegerisch-verständnisvollen Ausdruck angenommen hatte, ruhte andächtig auf den auf dem Tisch ausgebreitet prangenden Köpfen von Sadisten und Lustmördern. Nun war auch die Aufmerksamkeit von Jürg Frisch und Hugo Mischler gewährleistet.

Zuerst wagte sich Silvia an den Test, dann Mathilde Frisch, danach Jürg. Ich wollte bis zum Schluss warten, und ich merkte, dass auch Hugo Mischler das Bedürfnis verspürte, sich dieser Prüfung zu unterziehen. Vielleicht war es Carmens therapeutischer Eifer, der ihn dazu drängte.

Die Tochter des Yogi schien gemerkt zu haben, dass sich an unserem Tisch eine entscheidende Entwicklung anzubahnen begann. Sie stand plötzlich hinter mir und versuchte, Hugo zum Aufbrechen zu drängen. Da sah ich, dass Klara Windisch schwanger war. Auch Silvia hatte es bemerkt. Das hatte sie ganz besonders erschüttert. Mischler liess sich durch die Intervention seiner Freundin allerdings nicht von unserem Tisch abbringen; er hatte sich in den Kopf gesetzt, von Carmen auch noch getestet zu werden und wartete ab, bis er an die Reihe kam. Ich versuchte noch, Klara Windisch einen Stuhl anzubieten, doch die Yogi-Tochter zog sich an ihren Platz zurück.

Wenige Minuten später betrat ein Mann das «Gifthüttli», der Silvia und mir nur zu vertraut war. Es war Silvias Schwager Pierre Pompidou, der Maler; in seiner Begleitung war aber nicht Silvias Schwester, sondern eine Ballettänzerin, wohl eine neue Freundin. Er hatte uns vorerst noch nicht gesehen, sondern nur Hugo entdeckt, auf den er mit raschen Schritten zuging:

«Hugo, wo steckst du denn?!», herrschte er ihn theatralisch an. Erst in diesem Moment bemerkte er auch Silvia und mich sowie Paul Ignaz, den er kürzlich mit uns kennengelernt hatte. Hugos Zusammensein mit uns schien ihn zuerst zu verblüffen; jedenfalls grinste er verwirrt. Was vorher Hugos Freundin nicht zustandegebracht hatte, gelang Pompidou im Nu:

«Hast du wieder einmal gesoffen – dabei brauch' ich Dich als Chauffeur, zum Donnerwetter», schimpfte er. Dann zog er den Kahlschädel, der den keineswegs kleingewachsenen Maler um mindestens zwei Köpfe überragte, zielstrebig mit hinaus. Die beiden Frauen folgten beflissen.

Silvia hatte das alles arg strapaziert; sie schwieg betroffen. Nur Carmen konnte sich einen Kommentar nicht verkneifen. «Von so einem Typ bekommt man ja die Gänsehaut», rief sie euphorisch. Dabei liess sie es offen, ob sie Hugo oder Pompidou meinte.

Draussen hatte es jetzt aufgehört zu regnen. So etwas wie Sonnenschein drang durch die graue Wolkendecke; ein Hauch von Frühling war zu erhaschen. Meret und Paul Ignaz erhoben sich; es drängte sie plötzlich nach Hause. Jürg Frisch liess sie allerdings nicht so leicht ziehen.

«Wann genau ist das Einweihungsfest Eurer ‹Spalenberg-Stube›?», erkundigte er sich bei Paul Ignaz.

«In zweieinhalb Wochen, an einem Freitagabend», antwortete Brändli.

«Da müssen wir vorher noch besprechen, wie wir es genau organisieren wollen», behauptete Frisch.

«Das hat Zeit», wehrte Brändli ab, der die zugriffige Art schlecht ertrug; «ich werde mir schon noch etwas einfallen lassen.»

«Ich schlage vor: einen Ochsen am Spiess», beharrte Jürg. Seine Gutmütigkeit war nicht zu übersehen, aber sein Ton wirkte auch fordernd, fast bedrohlich. Paul Ignaz zeigte sich nicht begeistert, und ganz entschieden wehrte sich Meret:

«Dazu ist unser Lokal nicht geeignet, da ist doch alles viel zu eng, auch in der Küche. So etwas geht draussen an einem Stadtfest, aber nicht in unserer ‹Spalenberg-Stube›! Schon wegen der Feuerpolizei», meinte sie.

«Lasst mich nur machen!», rief Jürg dem Richtung Ausgang zustrebenden Brautpaar nach. Inbezug auf den Ochsen war er nicht zu stoppen.

«Da hat sich Paul Ignaz ja etwas eingebrockt!», flüsterte ich Silvia zu, in der Hoffnung, die anderen würden es nicht hören.

Als auch wir endlich aufbrachen, schüttelten wir uns gegenseitig angeregt die Hände. Wir sagten jetzt alle Du zueinander, ein netter kleiner Freundeskreis. Carmen stellte in Aussicht, dass sie die Szondi-Testergebnisse zuhause ausarbeiten werde und sie bis spätestens in zweieinhalb Wochen, beim Eröffnungsfest in der «Spalenberg-Stube», uns mitteilen könne. Nur Paul Ignaz hatte sich dem entzogen; ich nahm an, dass Carmen mit ihm den Test vielleicht schon früher gemacht habe. Als ich mich bei Mathilde verabschiedete, lobte ich ihr schönes blütenweisses Kleid, auf dem nun der rote Weinfleck von Hugo Mischler prangte. Ihr Mondgesicht, das auf solche Komplimente ständig zu lauern schien, blühte auf. Für sie schien sich die Einladung nun doch noch gelohnt zu haben.

ELFTES KAPITEL

Die «Spalenberg-Stube» wurde, in Anwesenheit vieler privater Gäste sowie einiger Pressevertreter, zweieinhalb Wochen nach der Hochzeit eingeweiht. Es wurde ein turbulentes Fest, das bis lange nach Mitternacht dauerte, obwohl die Brändli am nächsten Morgen frühzeitig ihre tägliche Arbeit aufnehmen mussten. Paul Ignaz hatte mir erlaubt, zehn meiner Bekannten einzuladen. Ich überliess das Silvia, und sie entschied sich unter anderem für ihre Eltern, da diese Paul Ignaz Brändli von unseren Schilderungen kannten und auf ein Zusammentreffen gespannt waren. Silvias Vater hielt ihn übrigens immer noch für einen möglichen Jesuiten, der unter der Tarnmaske eines biederen Wirts einen Spezialauftrag seines Ordens auszuführen habe – eine abenteuerliche Version. Für uns bereicherte dies die Einladung jedenfalls um einen pikanten Aspekt, auch wenn wir Silvias Vater verdächtigten, dass er nun seinerseits auf seiner Vermutung nur wegen des skurrilen Effektes verharrte. Als aktiver Fasnächtler und Schnitzelbankverfasser hatte er Sinn für Bizarres.

Silvia war es aber auch gelungen, Klara Windischs Onkel, Adalbert Windisch, der an einem dritten Band «Königsgräber im Altertum» schrieb, zum Fest zu bewegen. Das war erstaunlich genug, denn der gediegene ältere Herr, den Silvia wie dessen Bruder, den Yogi, sehr verehrte, lebte eher zurückgezogen und mied sonst laute Anlässe. Doch die Ankündigung, dass an diesem Fest auch Silvias Schwager, der Kunstmaler Pompidou, anwesend sein würde, und zwar sogar mit einem neuen Bild, das er der «Spalenberg-Stube» vermachen werde, genügte, um Herrn Windisch aus seiner Studier- in die Spalenberg-Stube zu locken. Er war eben ein eifriger Bewunderer und Sammler von Pompidous Bildern.

Die Brändli hatten die Gäste an jenem Freitagabend auf sieben Uhr zur Eröffnungsfête geladen. Als ob es gegolten hätte, das etwas improvisierte Hochzeitsessen vor zweieinhalb Wochen zu desavouieren, schien jetzt das hinterste Detail sorgfältig geplant. Auch die Dekorationen liessen sich sehen; neben viel Blumenschmuck entzückten Girlanden das Auge der Gäste.

Silvia hatte ihren Beitrag geleistet, indem sie liebevoll beschriftete und bemalte Tafeln beisteuerte, die nun an den Wänden hingen. Die darauf zu lesenden Sprüche verliehen dem Ganzen einen vielleicht etwas betulichen, zum Teil auch sakralen Anstrich. So prangte beispielsweise über der Eingangstür ein girlandenbehangenes Schild mit der Aufschrift: «Was du auch tust, bedenke das Ende!», eine makabere Aussage, deren wahren Hintersinn wohl kaum einer der erwartungsfrohen Ankömmlinge richtig zu erfassen vermochte. Silvia selbst verstand ihre Sprüche als leise-ironische Anspielung auf Paul Ignaz' geistliche Ausstrahlung.

Als wir uns einfanden, war die «Spalenberg-Stube» schon weitgehend bevölkert. Unser an Brändlis Hochzeitsessen entstandener Freundeskreis schien vollständig versammelt. Da war Mathildes ein wenig bekümmertes Pfannkuchengesicht; die Metzgersgattin steckte diesmal in einem roten Rock, dessen Dekolleté jenes des weissen Gewandes an Brändlis Hochzeit tief übertraf. Sie hatte sich vor dem runden Tisch aufgestellt, der für die Pressevertreter reserviert war und schien den jüngsten der dort sitzenden Berichterstatter, der durch seine Klatschspalte berüchtigt war, im Auge zu haben. Da waren selbstverständlich auch Paul Ignaz und Meret Brändli, als Hauptfiguren hochfestlich gekleidet und beide etwas aufgeregt inmitten der hochgeschraubten Erwartungen, die sie umwogten. Irgendwo erscholl die Stimme von Jürg Frisch, der Anweisungen zum Fassen des Festmahls erteilte; es war ihm offensichtlich gelungen, seinen Ochsen am Spiess durchzusetzen. Und dann sah ich aus einer dichten Ansammlung mir unbekannter Männer Carmens roten Haarschopf lodern. An einem sonst noch leeren langen Tisch warteten Silvias Eltern, deren jüngste Tochter Helen Pompidou sowie der Altertumsforscher Adalbert Windisch, der sich mild lächelnd mit der Malersgattin unterhielt. Von Pompidou selber war vorerst noch nichts zu sehen, doch hatten sich schon zwei seiner Freunde, die stadtbekannten Dichter Frank Speer und Tobias Regenpfeifer, eingefunden. Von Meret wusste ich, dass Speer beabsichtigte, eines seiner berühmten Beizenlieder vorzutragen.

Nachdem ich links und rechts einige Hände geschüttelt und besonders auch meine mir allerdings nur flüchtig bekannten Berufskollegen am Pressetisch begrüsst hatte, setzte ich mich mit Silvia zu deren Eltern, Helen Pompidou und Adalbert Windisch. Mir schien, dass diese Gesellschaft vor allem Silvia am ehesten behagen würde, und da es noch freie Plätze hatte, war damit zu rechnen, dass sich hier vielleicht noch andere interessante Gäste niederliessen.

Das Lokal wurde durch ständig neu hereintretende Personen immer mehr gefüllt, so dass schliesslich auch unser Tisch fast vollständig belegt war durch Leute, die ich nur vom Sehen kannte. Das waren wohl Anwohner des Spalenbergs, die Brändli mit dem Hintergedanken eingeladen haben mochte, sie als Stammkunden einzuführen. Im Hintergrund sah ich jetzt auch den Jazz-Posaunisten sitzen, den ich Paul Ignaz vermittelt hatte; er schien sich ein wenig verloren vorzukommen, wie mir schien, weshalb ich ihm lebhaft zunickte. Aber seine Zeit würde schon noch kommen; sein Instrument hatte er jedenfalls mitgenommen. Vorerst sorgte allerdings der ältere Handharmonikaspieler für volkstümliche Unterhaltung. Als einer der letzten schwirrte schliesslich Pierre Pompidou mit einem grossen Gemälde ins Lokal, gefolgt von seinem Chauffeur Hugo Mischler. Das war freilich eine Überraschung, dass er Hugo mitgenommen hatte – schliesslich bestanden zwischen diesem trotz jugendlicher Robustheit fast zahnlos wirkenden Kahlkopf und dem ehrwürdigen älteren Herrn an unserem Tisch, dem Privatgelehrten Adalbert

Windisch, merkwürdige Beziehungen. Zum Glück - so empfand ich es jedenfalls, und wohl auch Silvia teilte meine Ansicht - zum Glück hatte dieser Kerl seine Freundin nicht mitgebracht; dieses verrauchte und ziemlich lärmige Fest hätte die schwangere Yogi-Tochter doch wohl zu sehr mitgenommen. Aber auch so konnte man sich auf einen aufschlussreichen Abend gefasst machen.

Unter dem lebhaften Beifall der Gäste befestigte Pompidou sein Gemälde mit Hilfe von Paul Ignaz und Hugo an der dafür eigens leergelassenen Wand. Es war ein eindrückliches Bild, das der «Spalenberg-Stube» erst zum endgültigen Glanz zu verhelfen schien. Es zeigte eine mit tierköpfigen Frauen und Männern dicht bevölkerte Gaststube im Flackerschein eines im Hintergrund lodernden Cheminé-Feuers. Zu unserem Erstaunen teilte uns, noch während die drei Männer das Kunstwerk an die bereits vorhandene Schraube hingen, Silvias Schwester allerdings mit, dass es schon am nächsten Tag an eine Ausstellung nach Bern weiterginge; Pompidou würde es der «Spalenberg-Stube» lediglich als Leihgabe zur Verfügung stellen. Brändli habe es ihm zuerst abkaufen wollen, aber der Maler habe dafür 20000 Franken gewollt, was für den Wirt nicht in Frage gekommen sei. So sei man eben bei diesem Kompromiss verblieben. Der Dichter Frank Speer seinerseits behauptete, Pompidou habe ihm das Bild zu einem besonders günstigen Verkaufspreis zugesichert, da er an diesem Gemälde besonders hänge. Seinen Äusserungen war zu entnehmen, dass Speer sich auf dem Bild als einen der Gäste zu erkennen glaubte.

Angesichts dieser Sachverhalte erstaunte es mich, dass Paul Ignaz Bild und Künstler nun munter und ohne irgendwelche Ressentiments vorstellte. Erst einige Stunden später erfuhr ich, dass er davon eben noch gar nichts gewusst hatte. Brändli blühte jedenfalls als blendender Conférencier auf; wir kamen aus dem Staunen nicht heraus. Und dabei hatten Silvia und ich ihn früher als einen eher verklemmten und menschenscheuen Mann kennengelernt! Das war auch Silvias Vater nicht entgangen, der ihn während des ganzen Abends prüfend beobachtete. «Das haben die Jesuiten an sich», meinte er spitz; «sie sind mit allen Wassern gewaschen und können sich in allen Milieus bewegen.»

«Ach was», entgegnete Silvias Mutter lachend, aber irgendwie auch ärgerlich: «Das ist doch kein Priester, sonst hätte er nicht geheiratet! Erst kürzlich hat sich der Papst am Fernsehen zur Ehelosigkeit der Priester geäussert; der Vatikan duldet so etwas nicht. Nein, nein, Herr Brändli ist ein gewöhnlicher Wirt. Aber», und jetzt erhielt ihre Stimme einen warmen, wohlwollenden Klang, «er ist ein Netter, ich finde ihn sympathisch.» Sie schien es zu bedauern, dass er als Mieter nicht mehr in Frage kam.

Als nächste Attraktion im Non-Stop-Programm kündigte der Wirt einen Hobby-Zauberer an. Anschliessend war wieder der Handharmonikaspieler an der Reihe, es folgte Frank Speer mit einem seiner Beizenlieder, und endlich trat der Jazz-Posaunist auf, zu dem inzwischen noch ein Bassist und ein Gitarrist gestossen waren, die für die rhythmische Unterhaltung sorgten. Brändli hatte sich inzwischen mit Meret an unseren Tisch gesetzt. Da Jürg, dessen Frau mit dem Klatschjournalisten schäkerte, die Organisation um den Ochsen am Spiess nicht aus der Hand geben wollte, konnten sie sich ab und zu eine Verschnaufpause gönnen – umso mehr, als sie für diesen Abend noch zusätzliches Küchen- und Servierpersonal engagiert hatten. Pompidou hatte sich vorerst neben seinen Bewunderer Adalbert Windisch in die Nähe seiner

Schwiegereltern gesetzt; doch bald schweifte er von Tisch zu Tisch und stiess mit den verschiedensten Leuten an.

Es war vorauszusehen gewesen, dass Jürg Frisch die Rolle als Herr über den Ochsen auf die Dauer nicht befriedigen würde. Es war deshalb eigentlich von Paul Ignaz klug gewesen, ihn später unangefochten am Journalistentisch gewähren zu lassen; Jürg hatte sich zu den Zeitungsvertretern gesetzt, um diese über die Organisation des Festes aufzuklären und ihnen Wissenswertes über den Ochsen am Spiess zu vermitteln. Nur Meret schien das zu ärgern. Sie befürchtete, dass die Berichterstatter, unter denen es offensichtlich sehr junge und unerfahrene Leute hatte, einen falschen Eindruck gewännen und vielleicht am Ende gar Jürg Frisch für den Wirt vom Spalenberg hielten. Das schien aber nicht Brändlis Problem zu sein; er winkte lächelnd ab, als sie ihm diesen gewiss berechtigten Einwand unterbreitete. Ja, ich bekam sogar den Eindruck, er rechne sogar heimlich mit einer solchen Verwechslung. Aber nachzuweisen war ihm das nicht. Silvias Vater hielt Brändlis Selbstlosigkeit wiederum für verdächtig; irgendwie schien ihm nur ein Priester zu solchem Altruismus fähig zu sein. Doch auch im Kreis der Journalisten konnte Jürg auf die Dauer keine Befriedigung finden.

Nach einiger Zeit erschien er an unserem Tisch und forderte von Paul Ignaz, er möge ihn als Waschbrettspieler ansagen. Das Waschbrett habe er bei sich, fügte er bei; offenbar hatte er mit einem solchen Auftritt fest gerechnet. Er hatte sogar vor, das Jazz-Trio mit dem Posaunisten zu begleiten. Davon riet ich ausdrücklich ab, da der Posaunist zweifellos einen anderen, moderneren Stil als Jürg auf seinem Waschbrett spielen würde, wie ich zu bedenken gab. Aber Jürg war nicht zu belehren. Da Brändli kein Jazzkenner war, nahm er in dieser Frage einen ambivalenten Standpunkt ein. Eine peinliche Konfrontation schien sich anzubahnen; ich versuchte einen letzten Trick. Während der nächsten Musikpause ging ich schnell zum Posaunisten und erklärte ihm die Sachlage; auch er war natürlich gegen ein Zusammenspiel mit Jürg, zumal er dessen Qualitäten als Musiker anzweifelte. Schliesslich einigten wir uns, dass Jürg in einer Pause als Solist auftreten solle. Damit war er zwar nicht zufrieden, er zeigte sich trotzig-mürrisch; aber da die drei Musiker auf sein erpresserisches Vorgehen nicht eingehen wollten – obwohl sie von seinem Ochsen am Spiess auch gegessen hatten, wie ihnen der Metzger drohend in Erinnerung rief –, blieb ihm nichts anderes übrig, als sich als Solist zu exponieren. Seiner Darbietung war ein sehr mässiger, fast mitleidiger Applaus beschieden; einige Jazzfreunde pfiffen schadenfroh und verlangten wieder nach dem Trio mit dem Posaunisten. Tatsächlich hatte sich Jürg auf seinem Instrument nicht nur als ein mässiger Techniker, sondern auch als unbegabter Rhythmiker erwiesen. Ein wenig wie ein geschlagener Hund kehrte er zu uns zurück. Wenigstens von uns versuchte er ein freundschaftliches Lob zu erzwingen; ich verspürte jetzt sogar ein wenig Mitleid mit ihm und nahm mir vor, ihn zu trösten. Aber Pierre Pompidou, der inzwischen ebenfalls wieder an unserem Tisch gelandet war, fuhr dazwischen. Er empfing Jürg mit schallendem Hohngelächter und dem vernichtenden Schimpfruf: «Du Narr!» Das hatte dem Metzger den Rest gegeben. Mit einem Muschkopf, den Helen Pompidou mit jenem ihrer dreijährigen Tochter verglich, schlich er sich in die Küche und war dann während längerer Zeit nicht mehr zu sehen. Erst, nachdem sich Pompidou von seinem Bewunderer Adalbert Windisch, der sich dem stillen Suff hingab, wieder abgesetzt hatte, kehrte Jürg zu uns zurück.

Das Gespräch zwischen Silvias Eltern, Silvia, Paul Ignaz, Meret, mir und dem allerdings schon lächelnd in sich versunkenen und kaum mehr ansprechbaren Altertumsforscher hatte inzwischen tiefere Dimensionen angenommen. Es kreiste um Adalbert Windischs Ferienhaus – und damit auch um den Murtensee, wo ja auch Brändli zuhause gewesen war und wo Silvia früher mehrere Yoga-Wochenenden verbracht hatte. Es wurde daraus ein merkwürdig introvertiertes, geradezu gespenstisches Gespräch, denn die drei Hauptbeteiligten, Paul Ignaz, Silvia und Adalbert Windisch, verbanden subtile persönliche Erinnerungen an diesen See, die sie offenbar nicht ohne weiteres preisgeben wollten und konnten. Bei Silvia kam man an einen dunklen Punkt, der für sie tabu war – ich kannte ihn und versuchte ihr zu helfen, die Klippe zu umschiffen. Als nun Jürg zu uns stiess, fing er das Thema sofort auf und stürzte sich auf Adalbert Windisch mit einem Projekt, das dieser höflich lächelnd zur Kenntnis zu nehmen schien, ohne sich dazu zustimmend oder ablehnend zu äussern. Vielleicht hatte er dem Metzger gar nicht wirklich zugehört. Er erweckte nämlich den Eindruck eines Verklärten, der mittels Ohropax listig zu verhindern versteht, sich in seiner Zufriedenheit stören zu lassen. Jürg Frisch entwarf den Plan, in Windischs Wochenendhaus während der Sommersaison ein Zentrum für Wasserskifahrer einzurichten, eine Sportart, die seiner Meinung nach landauf landab stiefmütterlich behandelt wurde. Da Adalberts Bruder, der Yogi, seine Wochenend-Kurse während der heissen Sommerzeit nicht am Murtensee durchführen würde, wie ihm aus verlässlicher Quelle versichert worden sei, stehe diesem Projekt doch wohl nichts im Wege. Alles Organisatorische, auch die Verhandlungen mit den Behörden und notfalls mit privaten Anliegern, würde er schon selber führen, versicherte Jürg. «Lassen Sie mich nur machen!», empfahl er sich. Adalbert Windisch lächelte undurchsichtig, was Jürg offenbar als Zustimmung wertete. Jedenfalls eilte er begeistert in die Küche, um den Nachschub an Ochs sicherzustellen. Windisch lehnte allerdings dankend ab und leitete seinen Teller an Paul Ignaz weiter.

Mitternacht war jetzt vorbei. Noch immer tobte das Fest in Brändlis neuer Gaststube. Die Jazzcombo hatte inzwischen durch einen Saxophonisten Verstärkung erhalten, und nachdem die ersten Gäste aufgebrochen waren, begannen einige Paare zu tanzen. Die Menschenreihen an den zusammengeschobenen Tischen lichteten sich, einige rückten näher zusammen. So sass ich plötzlich Carmen gegenüber, die sich zuvor - wie ich von weitem gesehen hatte - stundenlang mit Hugo Mischler unterhalten hatte. Offenbar hatte sie ihm das Ergebnis seines Szondi-Tests unterbreitet; die beiden wirkten ausserordentlich tiefschürfend und problembehangen, Carmen hatte wieder ihren krankenschwesterlichen Blick angenommen. Inzwischen hatte sich Hugo Mischler als Jazzsänger produziert; seine urschreiähnlichen Laute gellten fast unanständig laut an unsere Ohren. Carmen bezeichnete sie als «typisch» und «symptomatisch». Wahrscheinlich dachte sie an das Resultat des Szondi-Testes. An meinem Ergebnis war ich schon gar nicht mehr interessiert; das Ganze fand ich zu unheimlich.

Jetzt diskutierte die Bardame mit Helen Pompidou über die Vorteile und Nachteile der Ehe. Carmen sah eigentlich nur Nachteile in einer Eheschliessung, obwohl sie früher als Angestellte eines Ehevermittlungsbüros selber Paare zusammengeführt hatte; und sogar die Verbindung zwischen Meret und Brändli schien sie auf dem Gewissen zu haben. Trotzdem beharrte sie auf ihrer These, dass sich

Ehe und Erotik ausschlössen; sie unterstrich diese Meinung mit ihren eigenen unglücklichen Erfahrungen. Silvias Schwester hingegen beharrte auf dem Standpunkt, Erotik fände erst in der Ehe wahre Erfüllung.

Über ein ganz anderes Problem stritten sich Paul Ignaz und Pierre Pompidou am anderen Tischende. Brändli hatte eben erst erfahren, dass der Maler beabsichtigte, sein Gemälde schon nach der Beendigung des Fests wieder mitzunehmen, da er es an einer Ausstellung zeigen wollte. Als dann Pompidou sogar erwähnte, sein Bild würde in dieser Ausstellung zum Verkauf angeboten, verstand Paul Ignaz keinen Spass mehr. Unbeirrt von Pompidous Behauptung, es sei von allem Anfang an abgemacht gewesen, dass er das Kunstwerk der «Spalenberg-Stube» nur als Leihgabe zur Verfügung stelle, stützte er sich auf das mündliche Versprechen des Malers, das Bild zeitlebens in der «Spalenberg-Stube» hängen zu lassen. Selbstverständlich könne er es hin und wieder an eine Ausstellung geben – aber doch nicht als Verkaufsobjekt, das käme einem glatten Vertragsbruch gleich. Pompidou musste schallend lachen. Was heisst da Vertragsbruch, donnerte er, das Bild sei sein Eigentum und Brändli solle froh sein, dass er es ihm wenigstens für das Fest zur Verfügung gestellt habe. Ein Verfügungsrecht bestehe für ihn überhaupt nicht. Er könne mit seinen Werken tun und lassen, was er wolle. Brändli erinnerte ihn daran, dass er sich bereit erklärt hätte, gewissermassen als symbolischer Mietpreis, Pompidou jederzeit in der «Spalenberg-Stube» zu verköstigen – der Maler habe dieser Abmachung zugestimmt, also bestehe doch eine gegenseitige Verpflichtung, die Vertragscharakter habe, auch wenn alles nur mündlich besprochen worden sei. Man könne das alles ja auch noch schriftlich festhalten.

Pompidou war offensichtlich nicht gewillt, weiter zu verhandeln – er liess Brändli allein am Tisch sitzen. Später sah ich den Künstler mit Meret tanzen und dann auch schäkern – wahrscheinlich wollte er damit Paul Ignaz ärgern –, und bald hatte sich Meret gar auf seinen kantigen Malerknien niedergelassen; die beiden schmusten unverhüllt. Für Carmen war dies der schlagende Beweis für ihre Ehe-These. Helen Pompidou versuchte die Situation zu retten, indem sie verzweifelt einräumte, beide Ehegatten müssten von der Freiheit für einen Seitensprung Gebrauch machen dürfen; in gegenseitigem Vertrauen könne so etwas sogar die eheliche Erotik steigern. Mathilde Frisch, die sich seit der Verabschiedung der Jounalisten etwas ratlos an den Tischen herumgedrückt hatte, nahm sich das zu Herzen. Kurzentschlossen setzte sie sich auf Paul Ignaz Brändlis Schoss, wobei sie den Zwerg fast zu erdrücken schien. Von Brändli, der offensichtlich nicht wusste, wie ihm geschah, war fast nur noch der kleine, feine Kopf am Busen der Metzgersgattin zu sehen. Seine übrige Figur, vor allem der Unterleib und die Beine, umhüllte der weite, rote Rock der Gespielin. Mit diesem Gewand wirkte er wie ein Kardinal. Ich jedenfalls war erneut beeindruckt von seiner Ausstrahlung sakraler Würde selbst in solcher Situation. Auch Frank Speer und Tobias Regenpfeifer waren sich noch näher gekommen. Sie hatten darüber gestritten, wer der grösste deutschsprachige Metriker sei. Schliesslich einigten sie sich darauf, dass sie selber die beiden grössten seien.

Ihre Hemmungen schien nun auch Silvia abzustreifen. Sie wagte erstmals in dieser Nacht Adalbert Windisch anzusprechen, den sie so sehr verehrte. Sie lenkte seine Aufmerksamkeit auf die Wandsprüche und wollte wissen, wie er sie finde. Windisch schien einen Moment lang seine

Verklärung zu verlieren, er sah nur kurz an die Wände und meinte dezidiert: «Ich finde das unflätig!» Auf Silvia musste diese Bemerkung wie eine kalte Dusche wirken. Sie schwieg konsterniert, und als ich ihr ins Gesicht sah, bemerkte ich Tränen in ihren Augen, die sie schnell schloss. Ich versuchte, sie zu trösten. Ihre so liebevoll ausgeheckten Sprüche fand also Klaras Onkel unflätig! Da musste doch ein Missverständnis vorliegen. Möglicherweise hatte der alte Herr etwas verwechselt. Vielleicht fand er den Verlauf des Festes unflätig, oder einige der Gäste passten ihm nicht, wer weiss. Ich wagte aber nicht, weiter zu forschen, ich traute dem Gelehrten plötzlich nicht mehr; vielleicht war er ein heimlicher Sadist, oder er hatte zu viel Wein getrunken. Ich wollte Silvia weitere Enttäuschungen ersparen.

Allzu lange dauerte auch das Tête à tête zwischen Brändli und Mathilde nicht. Bald tauchte wieder Jürg auf, und die beiden lösten sich blitzschnell aus ihrer Umklammerung. Zu jener Zeit hatten sich Silvias Eltern schon auf den Heimweg begeben, so dass ihnen all diese Eskapaden verborgen blieben. Als Pompidou im Morgengrauen als einer der letzten die «Spalenberg-Stube» verliess, schleppte er zusammen mit Silvias Schwester und Hugo Mischler das grosse Gemälde wieder mit, nachdenklich belauert von Paul Ignaz, der hinter der Theke stand.

ZWÖLFTES KAPITEL

Als ich am nächsten Morgen meinen Kopf ins neue Restaurant streckte, um den Brändli guten Tag zu sagen, entging mir ihre Mißstimmung nicht. Natürlich hatten sie jetzt alle Hände voll zu tun. Das «Lucullus-Frühstück» war in vollem Gang. Die Zeitungsinserate, mit denen Paul Ignaz diese neue Spezialität in den letzten Tagen angepriesen hatte, schienen Beachtung gefunden zu haben. Unter anderen entdeckte ich drei Lachs kauende Prokuristen aus einer nahen Bank, und in einer Nische diskutierten gar ein eidgenössischer Parlamentarier mit einer Kantonsrat-Angehörigen. Die beiden schienen allerdings zufällig ins Lokal geraten zu sein, denn als Paul Ignaz zu ihnen hinging, um seine Freude über so prominente Gäste schon am ersten Morgen auszudrücken, machten sie erstaunte Gesichter und erklärten, nicht gewusst zu haben, dass dieses Restaurant neu sei; sie kämen eben selten am Spalenberg vorbei.

Brändlis Frustration entlud sich an der kahlen Wand, wo Pompidous Bild hätte hängen sollen und die dem Restaurant nun etwas Unfertiges verlieh. Aber die eigentliche Ursache war wohl das Verhalten des Malers Meret gegenüber gewesen, und die Art, wie Frau Brändli Pompidous Charmieren beantwortet hatte. Das Intermezzo hatte auch weiterhin Folgen. Pompidou erschien immer wieder im Lokal, ohne übrigens sein Bild je wieder zu bringen. Sein Besuch schien allein Meret zu gelten, obwohl deren Zuneigung mit der Zeit sichtlich abkühlte. Sie selber schien den Vorfall am Eröffnungsfest als Faux-pas zu betrachten, wie sie mir später in Paul Ignaz' Gegenwart erklärte. Dabei war ich freilich nie ganz sicher gewesen, ob sie uns etwas vormachte. Denn Pompidou tauchte auch weiterhin regelmässig auf, was schon deshalb auffiel, weil er sonst alkoholfreie Lokale mied. Selbst die Tatsache, dass ihn Brändli je länger desto ausgeprägter zu verachten schien, konnte ihn von seinen Visiten nicht abhalten. Manchmal kam es mir vor, als ob Paul Ignaz' Hass der einzige Grund für die hartnäckigen Besuche gewesen sein könnte. Irgendwie schien ihn das herauszufordern – auch lange, nachdem sich Meret Brändli nicht mehr gescheut hatte, ihm die kalte Schulter zu zeigen.

Eines Abends – es war schon Sommer – brachte Pompidou unerwarteterweise doch noch ein Bild in die «Spalenberg-Stube». Freilich handelte es sich nicht um jenes Gemälde, das er am Eröffnungsfest vorgeführt hatte, sondern um ein kleineres, intimeres. Es war, so verkündete er pathetisch, als persönliches Geschenk für Meret Brändli gedacht. Die Wirtin wollte es spontan an jene immer noch kahle Wandstelle hängen, wo am Eröffnungsabend das grosse Bild plaziert worden war.

Soweit kam es allerdings nicht. Ich habe Brändli vorher und nachher nie mehr so zornig gesehen. Der kleine Mann ergriff das Bild, eilte damit durch die Gaststube zum Ausgang und schleuderte es in hohem Bogen auf den Spalenberg hinaus. Dann blieb er stehen und hielt die Tür offen, bis Pierre Pompidou widerstandslos, ja verlegen grinsend hinausspaziert war. Ich war einer der wenigen Zeugen jenes Vorfalls, weil ich zu jener Zeit zufällig im Lokal für die Sportseite einen Fussballer interviewte, den ich der Einfachheit halber dorthin bestellt hatte. Auch mein Interviewopfer, ein bulliger Stürmer, hatte eine Schlägerei erwartet, sich blitzschnell die Hemdsärmel nach hinten gekrempelt, um notfalls eingreifen zu können. Doch Pompidou krümmte Brändli auch nicht einen Finger, sondern verschwand diskret durch den Türrahmen. Von da an hatte ich ihn in der «Spalenberg-Stube» nie mehr gesehen.

DREIZEHNTES KAPITEL

Eigentlich war vorgesehen gewesen, auch unsere Hochzeit noch während des Frühlings, im Wonnemonat Mai, stattfinden zu lassen. Verschieden Gründe hatten uns dann aber bewogen, das Ereignis noch einmal zu verschieben. Einer dieser Gründe war das weiterhin beharrliche Schweigen des Hausbesitzers zu unserem Wohnproblem – und unser dadurch bestärkter Verdacht, die Brändli hätten ihre Finger mit im Spiel, das heisst, sie würden weiterhin versuchen, unsere Wohn- und Familienpläne zu sabotieren. Ich hatte Silvia inzwischen auch von Brändlis Brief an den Hausbesitzer erzählt, den ich an jenem Abend nach der Wahlveranstaltung in Paul Ignaz' Büroordner entdeckt hatte. Ich hielt es mittlerweile für nicht mehr verantwortbar, Silvia in Illusionen zu wiegen. Ich selber glaubte ja auch nicht mehr an Paul Iganz' Wohlwollen uns gegenüber in dieser Sache. Brändlis Selbstlosigkeit, die Silvias Vater am Spalenberg-Fest noch so beeindruckt hatte, schien kurze Beine zu haben. Er mochte in gewissen Dingen, wenn er keine eigenen Interessen zu vertreten zu haben glaubte, altruistisch und entgegenkommend sein; aber dort, wo es um die Erfüllung seiner eigenen Wünsche ging, blieb er unerbittlich, ja, er schreckte vor hinterhältigen Aktionen nicht zurück. Das bewies dieser Brief an den Hausbesitzer. Bis kurz nach dem Spalenberg-Fest hatte ich zwar wieder an eine Verständigungsbereitschaft von seiner Seite geglaubt; schliesslich hatte ich ihm die Idee mit den «Pfannkuchen Frau Holle» geliefert, und dieses Geschäft lief gut, es garantierte ihm sogar einen regelmässigen erklecklichen Umsatz, welcher der «Spalenberg-Stube» ein Überleben auch in kritischen Zeiten möglich zu machen schien. Viele Stammkunden, vor allem Mütter,

Grossmütter, Grossväter und Tanten in Begleitung von Kindern, aber auch Studenten, betraten die «Spalenberg-Stube» nur, um diesen «Pfannkuchen Frau Holle» zu bestellen. Er war längstens nicht mehr nur ein Kindermenü, sondern ein leckerer Hit auch für Erwachsene, zu dem sowohl die Keramik-Frau Holle mit ihrem Zuckerkissen als auch der populäre Preis der Speise beitrug.

Zu der Omelette-Stammkundschaft gehörte auch Mathilde Frisch, die damals fast jeden Nachmittag mit einer Schar Kinder erschien und sich genüsslich hinter diese Apfelomeletten machte. Einmal hatte ich mich an ihren Tisch gesetzt und mit ihr über allerlei geschwatzt. Als von Paul Ignaz die Rede war – der Wirt war an jenem Nachmittag gerade abwesend – nahm sie einen geheimnisvollen, fast angstvollen Gesichtsausdruck an und flüsterte mir zu: «Paul Ignaz ist bewaffnet!» Mehr hatte ich damals nicht herausgebracht, weil sich gleich darauf Meret zu uns setzte, um einen guten Appetit zu wünschen und mit uns zu plaudern. Aber ich hatte vor, Mathilde noch einmal zu fragen, was sie damit gemeint habe.

Wie gesagt, bis kurz nach dem Spalenberg-Fest hatte ich mit keinem Widerstand von Brändlis Seite mehr gerechnet. Aber dann machte mich eine Bemerkung von Carmen stutzig, die Silvia damals oft besuchen kam, um mit ihr über den Szondi-Test und andere interessante Dinge zu reden; die beiden mochten sich gut, sie hatten sich sogar befreundet. Ich war darüber froh, denn Silvia hatte immer ein wenig den Drang zur Absonderung, und Carmen war mir sympathisch. Zugegeben: Ihre Verachtung für «vergilbte Introvertierte» irritierte mich. So bezeichnete sie gerne Leute, die nicht gerade vor animalischer Tüchtigkeit strotzten. Carmen also unterrichtete uns über Brändlis Ausbau-Pläne und in diesem Zusammenhang über seine konkreten Vorstellungen über ihren Einzug in unser Spalenberg-Haus. Das konnte ja nichts anderes heissen, als dass er an seinem ursprünglichen Vorhaben, uns die untere Wohnung wegzuschnappen, festhielt! Und das habe er, so beteuerte Carmen, erst vor einigen Tagen ausgeplaudert!

Die Nachricht bedrückte uns natürlich, ja, noch mehr: Wir waren derart enttäuscht, dass wir sofort jeden freundschaftlichen Kontakt zu den Brändlis einstellten. Wir trauten dem Wirtepaar, und vor allem Paul Ignaz' heuchlerischer Freundlichkeit, nicht mehr über den Weg; und wir strichen ihn selbstverständlich auch von unserer Liste der Hochzeitsgäste. Ursprünglich hatten wir vorgesehen, ihn und Meret zu unseren Trauzeugen zu machen.

Das alles führte dazu, dass wir unser Hochzeitsfest von Grund auf neu konzipierten. Schliesslich einigten Silvia und ich uns darauf, ein wenig nach dem Vorbild von Brändlis Hochzeit die Veranstaltung auf ein sehr intimes Familienfest in engstem Kreis zu beschränken. Der Umstand, dass unsere Trauung in die Ferienzeit fiel und ein Grossteil unserer Verwandten ohnehin verreist war, erleichterte uns diesen Entschluss. Als Trauzeugen sahen wir Carmen Sonderegger und Silvias ältere Schwester Agnes vor, deren Mann sich angeblich auf einer Geschäftsreise im Ausland befand. So mussten wir uns mit ihm nicht herumschlagen. Selbstverständlich luden wir auch Silvias und meine Eltern ein. Das war alles. Es war vorgesehen, dass wir eine kirchliche – und zwar, auf Wunsch der gegen ihre protestantischen Eltern rebellierenden Silvia, sogar eine katholische – Trauung in einem Bergdorf veranstalteten; in jener Gemeinde besassen meine Eltern ein Ferienhäuschen, und mein Vater versicherte, er habe gute Beziehungen zum Dorfpfarrer, so dass auch das Zeremonielle keine Schwierigkeiten zu bieten schien.

Die Nacht vor der Hochzeit – es war eine schwüle Sommernacht im August – verbrachte ich allein in meiner Spalenberg-Wohnung. Silvia schlief noch bei ihren Eltern; das entsprach den konventionellen Vorstellungen. Ich lag fast die ganze Nacht lang wach – zu Schlaftabletten wollte ich nicht greifen, weil ich fürchtete, frühmorgens den Wecker nicht zu hören –, und ich vernahm noch die im Morgendämmer erwachenden Vögel; ein wildes Musizieren mitten in der Stadt, man glaubt es nicht, wenn man es nicht selber gehört hat. Dann schlief ich endlich ein – das Rasseln meiner Weckeruhr hatte ich prompt verschlafen! Zum Glück rief mir Silvia rechtzeitig an, so dass genug Gelegenheit blieb, mich festlich zu kleiden. Zum Bergdorf, wo unsere Hochzeit stattfinden würde, fuhren wir in unseren Privatautos; Silvia und ich nahmen meine Eltern mit, die wir an ihrem entfernten Wohnort im Baselbiet abholten, und Silvias Eltern wurden zusammen mit der Trauzeugin Carmen im Wagen ihrer Tochter Agnes transportiert. Nach einer dreistündigen schönen, doch heissen Fahrt durch den strahlenden Sommermorgen trafen wir kurz nach zehn Uhr im Bergdorf ein.

Vor dem weissen, schmucken Kirchlein wurden wir mit einem schwarzgekleideten, dicken, arg schwitzenden Mann bekanntgemacht, der uns jovial seine Faust entgegenstreckte und unsere Hände derart gewaltig drückte, dass Silvia schmerzlich ihr Gesicht verzog. Das war Vikar Kappel, wie uns mein Vater zu bedeuten gab. Erstmals beschlichen mich ernsthafte Bedenken, ob es auch wirklich im Interesse von Silvia sei, dass wir uns zu einer kirchlichen Trauung in diesem Ort entschlossen hatten. Denn daran bestand nun kein Zweifel mehr: Vikar Kappel würde uns trauen!

Die kirchliche Zeremonie verlief im konventionellen

Rahmen bis zu dem Augenblick, als unsere «Ja»-Worte hätten geäussert werden müssen. Silvia brachte ihr «Ja» einfach nicht über die Lippen, denn vor ihr stand dieser dicke und latent vielleicht sogar gewalttätige Kirchenbeamte, der sich als Magier aufspielte und dabei die Ausstrahlung eines geistig stumpfen Mannes hatte, dem Silvia – davon war ich überzeugt – nicht über den Weg getraut hätte, wäre er ihr nachts in einer dunklen Gasse begegnet. Der vorwurfsvoll wartende Blick des Vikars bohrte sich drohend in Silvias Gesicht; diese schloss ihre Augen und war den Tränen nahe. «Silvia», flüsterte ich, «Du musst ja nicht ihm ‹Ja› sagen, sondern mir.» Da musste Silvia doch wieder lachen, und sie sagte «Ja!». Der drohende Blick des Vikars strafte dafür jetzt mich, doch das war mir egal.

Unser späteres Beisammensein auf einer reservierten Terrasse eines gepflegten Berghotels liess die Peinlichkeit des vorangegangenen Aktes in der Kirche vorerst vergessen. Der strahlende Sonnenschein dieses auf alpiner Höhe angenehm warmen Tages, die weite Sicht durch klare Luft bis zu den Spitzen von schneebedeckten Viertausendern und hinunter in ein reich bewaldetes Tal, durch das ein Wildbach weiss schäumend rauschte, der mit rührender Sorgfalt gedeckte blumengeschmückte Festtisch – all das passte zur hochzeitlichen Stimmung, die mich trotz allem beseelte.

Silvia war an jenem Tag von einer fast durchsichtigen Zartheit; das lila Brautkleid schuf zu ihrem nur leicht gebräunten Teint einen dezenten farblichen Kontrast, der ihre aparte Figur noch unterstrich. Wie ich hatte auch sie dunkle Ränder unter den Augen; sie wird wohl ebenfalls kaum geschlafen haben. In ihrem Gesicht las ich Entzücken und melancholische Sehnsucht, ja Trauer. Ich musste an die Geschichte denken, die sie mir eines Nachts anvertraut hatte – die Geschichte ihrer unglücklichen Liebe zu Wendelin Windisch; das war der Neffe des Altertumsforschers und Sohn des Yogalehrers. Sie hatte ihn im Haus am Murtensee gesehen, immer wieder, als sie an den Kursen des Yogi teilgenommen hatte. Er muss ein ungewöhnlicher junger Mann gewesen sein; unwahrscheinlich diszipliniert und strebsam, aber auch lautlos, unnahbar, scheu, wenn ich Silvias Schilderungen Glauben schenken darf; eine Art aristokratisches Hausgespenst, das aber wusste, was es wollte. Im Haus seines Onkels war er immer anwesend, wenn die Yogagruppe tagte; er hielt sich diskret im Hintergrund und oblag seinen Studien für die verheissungsreiche Karriere. So hatte er eine vielversprechende Chirurgenlaufbahn begonnen, wie nach dem Unglück in der Zeitung nachzulesen war. Zudem pflegte er jede Nacht den Murtensee zu durchschwimmen, was Silvia besonderen Eindruck zu machen schien: einmal hin und einmal zurück. Eine enorme Willensleistung. Er war eben Sohn des Yogi.

Das Merkwürdige an Silvias Liebesbeziehung war jedoch ihre absolute Einseitigkeit. Der junge Mann scheint davon nichts gewusst zu haben; aber vielleicht beachtete er Silvia nur scheinbar nicht. Wenn sie jeweils mit der Yoga-Gruppe unter der Leitung von Wendelins Vater im Haus am Murtensee logierte, beobachtete sie ihn heimlich; manchmal auch, wenn er nachts in den See stieg, um seiner Schwimmpassion zu frönen. Zweifellos ein hoffnungsvoller junger Mann, ein Juwel, wie Silvia deutlich machte. Doch eines Nachts kehrte er nicht mehr zurück; mitten im See war er untergetaucht. Seither glaubte Silvia an die Reinkarnation. Diese unerfüllte Liebe mystischer Dimension begleitete uns auch in unsere Ehe. Es war unser Geheimnis; Silvia mochte mit niemandem darüber sprechen ausser mit mir. Ihren platonischen Geliebten hatte sie konserviert wie eine Ikone; das Bild des Chirurgen trug sie fast immer bei sich. Ich ahnte, dass das aus einer Zeitung ausgeschnittene Foto auch an unserem Hochzeitstag in ihrem Täschchen steckte. Das Bild zeigte den allzu früh Versunkenen in eindrucksvoller Nahansicht; es war zwei Tage nach dem Unglück in einem Lokalblatt erschienen.

Meine elegischen Gedankengänge wurden abrupt gestört durch das Hereintreten einer Gestalt, die in ihrer derben Fülligkeit einen schon fast monströsen Kontrast zu jenem mystisch-entrückten Liebhaber asketisch-zielstrebigen Aussehens bildete. Es war Vikar Kappel, der auf der Terrasse erschien und Anstalten machte, sich an unseren Tisch zu setzen. Mit zunehmendem Schrecken gewahrte ich, dass er sich als Gast unserer Festtafel betrachtete; eine Marotte meines Vaters. In seinem Heimatdorf, wo er aufgewachsen war, wurden solche Bräuche gepflegt. Vielleicht war Vikar Kappel so dick, weil er ständig an Hochzeits- und Leichenmahlzeiten erscheinen musste? Selbst Carmen, die von alten Kathedralen und dickbäuchigen Mönchen schwärmte – an Männer fürs Bett stellte sie allerdings ganz andere Ansprüche, daran liess sie keine Zweifel – schien die Anwesenheit dieses Kirchenbeamten ebensowenig zu stören wie meine Mutter, die sich im Verlauf ihres Lebens an solche Gäste gewöhnt haben mochte. Nur Agnes und Silvias Eltern musterten den fetten Vikar einen Moment lang verblüfft; doch ihre Überraschung vermochten sie hinter ihren konventionellen Masken geschickt zu verbergen.

Während des Essens unternahm Vikar Kappel alles, um meine Vorurteile gegen ihn zu festigen. Er zwang uns nicht nur ein katholisches Tischgebet auf – in völliger Nichtachtung der Tatsache, dass an unserer Tafel noch Andersgläubige teilnahmen –, sondern er entpuppte sich auch als hemmungsloser Vielfrass und Weintrinker, dessen Tischsitten zu wünschen übrig liessen. Fast sehnte ich mich nach Paul Ignaz, der sich eher um eine kultivierte Ambiance bemüht hätte, wenngleich auch hinter seiner Fassade Lug und Trug lauerten.

Bevor der Vikar aufstand, um sich zu verabschieden, rülpste er ungehemmt. Seine Glückwünsche, die er uns abschliessend zuraunzte, hatten etwas Anzügliches. Silvia und ich atmeten auf, als er endgültig verschwunden war. Jetzt waren wir wieder unter uns. Unsere Gespräche wurden augenblicklich persönlicher, vor allem die Verständigung mit Carmen drang in ungeahnte Tiefen. So verriet sie uns weitere Aspekte unserer Szondi-Teste – wobei ich mich inbezug auf mich selber nicht allzu neugierig zeigte, da mir dieser Test ein wenig obskur vorkam. Hingegen offenbarte Silvia zum erstenmal gegenüber einer Drittperson, wenn auch nur andeutungsweise, ihr Liebesleid vom Murtensee. Und schliesslich kramte sie sogar aus ihrem Täschchen das vergilbte Zeitungsbild des jäh Versunkenen. Carmen betrachtete es lang, dann sagte sie mit ehrfürchtiger Stimme: «Das ist das Hohe-Priester-Ich.»

Wenige Nächte nach jenem sonnigen Fest hatte ich einen fürchterlichen Traum. Ich ruderte in einem Boot über ein Wasser, es muss der Murtensee gewesen sein. Es war tiefe Nacht, und doch nicht; ein nebliges Licht schimmerte über den Wellen. Dann sah ich plötzlich vor mir ein anderes Boot, darin sassen Silvia und ihr Verflossener, der junge Chirurg. Er wechselte allerdings seine Gestalt und sah bald wie ein Ungeheuer aus, eine Art Skorpion in Menschengrösse. Ich fand das nicht nur bedrohlich – für mich und Silvia –, sondern auch abscheulich. Ich fuhr dem Boot nach und merkte plötzlich, dass das Ungeheuer eigentlich mich verfolgte und nicht umgekehrt. So nahm ich ein Ruder und schlug es dem Monstrum wuchtig auf den Kopf. Das schien jedoch sehr zäh zu sein; es griff mich an und drohte, mich mit seinem Riesenstachel zu töten. Ich stiess es mit letzten Kräften in das Wasser, wo es schliesslich versank. Für diesen Mord kam ich vor ein Gericht, dem der fette Vikar Kappel und Carmen Sonderegger angehörten. Sie verurteilten mich zum Tode. Die Exekution bestand in Verbrennen. Oben am Spalenberg hatte Paul Ignaz Brändli einen Riesenscheiterhaufen errichtet, auf den ich nun geschleppt wurde. Brändli war es, der den Haufen eigenhändig anzündete. Erst jetzt merkte ich, dass sich auch Silvia darauf befand; man hatte sie wie mich an einem Holzpfahl festgebunden. Als mich das Feuer zu erfassen begann, erwachte ich schweisstriefend. Ich erzählte der beunruhigten Silvia, die seit unserer Hochzeit offiziell in meiner Wohnung nächtigte, die Traumgeschichte.

VIERZEHNTES KAPITEL

Die Herbstnebel sickerten durch die Stadt. Brändlis Spalenberg-Stube wurde zusehends belebter, trotz einigen unvorhergesehenen Schwierigkeiten. So erwies es sich beispielsweise, dass die über den Tischen angebrachten Lampen vom Innenarchitekten falsch konzipiert worden waren. Die Folge davon war einerseits, dass die Gäste zu grell und zu warm beschienen wurden; einige beklagten sich über Kopfschmerzen. Anderseits verging kein Tag, an dem Gäste, die sich von den Tischen erhoben, an den zu tief hängenden metallenen Lampenschirmen nicht den Kopf angeschlagen hätten. Um diese Unannehmlichkeiten zu beseitigen, veranlasste Frau Brändli, dass die Beleuchtungseinrichtung durch eine andere ersetzt wurde. Diese Änderung konnte im Verlauf des Monats Oktober vorgenommen werden. Für die Brändli ergab sich daraus eine zermürbende Auseinandersetzung mit dem Innenarchitekten. Der hatte sich geweigert, für den Schaden geradezustehen.

Es entstanden aber noch andere Sorgen. Der Jazz-Posaunist, den ich Paul Ignaz für die späten Abendstunden vermittelt hatte, entpuppte sich nach einiger Zeit als heroinsüchtig. Er verschwand plötzlich in der Psychiatrischen Klinik. Als Ersatz wurde ein Gitarrist engagiert, der – wie es sich bald zeigte – eine Schnapsflasche mit sich führte, aus der er in den Musikpausen trank. Es dauerte nur wenige Wochen, bis seine Unpünktlichkeiten und sein zeitweiliges Unvermögen, in betrunkenem Zustand die musikalischen Wünsche eines anspruchsvollen Publikums zu befriedigen, ebenfalls zur Entlassung führte. Paul Ignaz zog es vor, künftig auf einen Musiker zu verzichten, nachdem er herausgefunden hatte, dass sich der geplante Umsatz auch ohne Konzerte einstellte. Dabei sparte er die Musikerhonorare ein. Allerdings verursachte dies einen Gästewechsel. Jazzfreunde betraten immer seltener das Lokal. Statt dessen hielten nun fast jeden Abend verschiedene Vereine ihre Treffen in der «Spalenberg-Stube» ab.

Auch Silvia und ich hatten in jener Zeit trotz unserem Eheglück Kummer. Die nach wie vor unklaren Verhältnisse unserer Wohnsituation und der deswegen entstandene Groll gegen die Brändli beeinträchtigten unsere

Idylle. Trotz Brändlis hinterlistigen Bestrebungen hatten wir darauf gehofft, dass uns mein Vermieter nach unserer Heirat die Wohnung, die sich unter meinem bisherigen Heim und über Brändlis Restaurant befand, endlich abtreten würde. Aber das Ganze verzögerte sich noch einmal, wahrscheinlich, weil die Brändlis nach wie vor versuchten, den Hausbesitzer doch noch umzustimmen. Wir durchlitten Wochen banger Erwartung. Ausserdem wuchs unser Argwohn, ja Hass den Brändli gegenüber, was umso unangenehmer war, als wir dem Wirtepaar täglich begegneten. Silvia, die seit unserer Hochzeit in meiner engen Wohnung lebte und wochenlang stündlich auf den Bescheid des Hausbesitzers hoffte, grüsste Paul Ignaz und Meret überhaupt nicht mehr. Ich selber beschränkte die frostigen Kontakte zu ihnen aufs Nötigste. Ich war jetzt so kurz angebunden, dass ein offenes Gespräch nicht mehr möglich war.

Zu unserem Bedauern entrückte damals auch Carmen unserer Nähe. Durch die Vermittlung eines ihrer Bargäste schien sie in Übersee die Stelle ihres Lebens gefunden zu haben. Sie entschwand anfangs Oktober nach Venezuela; wir hatten übrigens den Eindruck, dass da mehr dahintersteckte als nur ein sensationelles Berufsangebot, nämlich ein Mann. Wir vermissten sie vor allem anfänglich sehr, Silvia noch mehr als ich; zwischen den beiden hatte sich eine echte Freundschaft gebildet. Zwar schrieb uns Carmen ab und zu eine Karte mit begeisterten Schilderungen von den verschiedenen lateinamerikanischen Diktaturen; aber das ersetzte ihre persönliche Abwesenheit nicht. Ihre Ahnungslosigkeit gegenüber gemeingefährlichen Erscheinungen fand ich mehr als komisch; sie beunruhigte mich.

Eines Abends, es war ein nebliger Novemberfreitag, teilte ich Silvia mit, dass ich ins Café «Atlantis» ginge, wo ich eine selten zu sehende schwarze Jazzband erleben wollte. Ich war überrascht, dass Silvia sich mir ohne zu zögern anschloss. Sie hatte mich bisher noch nie an ein solches Konzert begleitet, da sie diese Musik weniger liebte als beispielsweise Mozart. Aber nicht nur deswegen wurde es für mich ein unvergesslicher Abend. Der Wirkung des tranceartigen Spiels der Musiker konnte sich auch Silvia nicht entziehen. Sie war so verzückt, wie ich sie noch nie erlebt hatte. Sie liebkoste mich, erfasste meinen Kopf mit beiden Händen und begrub ihn an ihrer Brust. Früher war Silvia sehr zurückhaltend gewesen mit Liebkosungen in der Öffentlichkeit. Ihre Scheu entsprach ihrer konservativen Erziehung. Unser Liebesglück ging nur uns zwei etwas an, hatte sie mir immer wieder erklärt. An jenem Abend war alles anders. Ungeachtet der uns umgebenden Konzertbesucher überschüttete sie mich mit einer heftigen Zärtlichkeit. Es war, als ob sie jede Minute auskosten wollte, in der sie mit mir zusammen sein konnte. Die Bedeutung ihres Verhaltens erfasste ich erst einige Wochen später. Es war das Aufschluchzen gegen ein Schicksal, das sie schon damals beängstigte, obwohl sie noch nicht wissen konnte, welche Pläne uns umspannen.

FÜNFZEHNTES KAPITEL

Ich kann mich nicht erinnern, einen eindrücklicheren Schnee-Einfall erlebt zu haben. Geschneit hatte es bereits im November, während der Herbstmesse, was an sich schon aussergewöhnlich war. Doch diese Bescherung war nach wenigen Stunden weggeschmolzen. Früh im Dezember gingen eine Nacht lang grosse, dicke Flocken nieder. Am Morgen brachen Baumäste unter dem Ballast ein, und auf den Strassen und Plätzen versank die städtische Verkehrsordnung im weichen, kalten Gewand. In den nächsten Tagen und Nächten schneite es weiter. Eine «Normalisierung der Lage», wie sich Behördemitglieder und Presseleute ausdrückten, war ausser Sicht. Am Spalenberg tummelten sich von Tag zu Tag grössere wintersportliche Scharen. Schlittelnde Kinder und Erwachsene in Skiausrüstungen prägten das Strassenbild. Die «Spalenberg-Stube» erlebte einen ungeahnten Aufschwung. Es verging kein Nachmittag, an dem sich das Lokal nicht mit hungrigen Schlittelkindern und -familien gefüllt hätte. Mein «Pfannkuchen Frau Holle», inzwischen zum Hit unter den Kindermenüs in der ganzen Stadt aufgestiegen, fand reissenden Absatz. Während draussen mächtige Schneeflocken durch die Luft wirbelten, schüttelten drinnen Kinderchen den Zucker-Schnee aus den Frau Holle-Kissen auf die Pfannkuchen. Ich begann zu bedauern, dass ich Paul Ignaz' ursprüngliches Angebot, mich am Verkaufserlös des Pfannkuchen-Geschäfts zu beteiligen, nicht eingegangen war. Denn noch hatte ich, trotz Mahnungen von Silvias Eltern, keine feste Anstellung bei der Zeitung. Ich war nicht der Typ, der erbittert um persönliche Positionen kämpfte. Ich überliess solches der Evolution, wie ich es nannte, und ich war von meinen beruflichen Fähigkeiten überzeugt. So sagte ich mir, dass ich noch früh genug in einer Redaktionsstube landen würde, wozu es mich als Frischluft-Mensch nicht sonderlich drängte. Nur eben: Um einen finanziellen Zustupf zum unregelmässigen Mitarbeiterhonorar wäre ich schon froh gewesen.

Eine lange erwartetes und trotzdem überraschendes Ereignis liess mich mein Unbehagen vorübergehend vergessen. Als ob es der Schneeschock ausgelöst hätte: Am zweiten weissen Tag brachte mir der Pöstler einen eingeschriebenen Brief, mit dem uns der Hausbesitzer die Miete der zweitobersten Wohnung für Silvia und mich definitiv schriftlich zusicherte. Die Spannung der letzten Wochen war plötzlich wie weggewischt – oder schien vielmehr im Schnee begraben worden zu sein.

Doch das Verblüffende war für uns die Reaktion der Brändli. Wir hatten eigentlich erwartet, dass uns das Wirtepaar nun erst recht schneiden würde. Wir hätten es als unumgängliches kleineres Übel in Kauf genommen – in der Hoffnung, dass die Zeit auch diese Wunde heile. Überwältigend war für uns deshalb, wie sich uns Paul Ignaz nun plötzlich von seiner liebenswürdigsten Seite zeigte. Der Entschluss des Hausbesitzers, nicht ihn und Meret, sondern Silvia und mich als Mieter für die zweitoberste Etage zu wählen, schien ihn besonders freundlich gestimmt zu haben. Wir atmeten natürlich auf; uns schien, dass die Vernunft gesiegt habe. Brändli konnte ja jetzt nur noch Interesse an einem guten Einvernehmen mit uns, den vom Hausbesitzer Begünstigten, haben. Er präsentierte sich als fairer und kluger Verlierer, und unserem Verlangen, uns am Spalenberg endlich gemütlich einzurichten, kam das natürlich entgegen.

Paul Ignaz schlug vor, die bevorstehenden Weihnachten gemeinsam zu feiern. Ein bewegtes Versöhnungsfest zeichnete sich ab. Er selber hatte uns einen stattlichen Weihnachtsbaum besorgt, den wir in unserem Wohnzimmer aufstellten. Es war ein ähnliches Exemplar, mit dem er auch seine «Spalenberg-Stube» schmückte; nur hatte er dort, weil es praktischer war, elektrische Lichter angeschlossen, während wir uns natürlich um authentisches Kerzenlicht bemühten.

Auch das Verhältnis zwischen Silvia und Meret Brändli-Wengeler besserte sich schlagartig. Die beiden Frauen waren plötzlich wie unzertrennlich. Als Meret sich einen halben Nachmittag lang beim Zahnarzt aufhalten musste und deshalb jemanden für den Service suchte, weil auch Paul Ignaz anderweitig beschäftigt war, sprang Silvia ein. Für den Heiligen Abend plante Meret, eine Gans zu braten, die wir in unserer Wohnung gemeinsam verspeisen wollten. Paul Ignaz hatte seinen Stammgästen angekündigt, dass er über die Festtage das Lokal schliessen würde. So konnten wir uns auf ein ungestörtes Fest freuen.

Bereits am Nachmittag des 24. Dezember kamen die Brändlis in unsere Wohnung, um Vorbereitungen für das Mahl zu treffen. Während die beiden Frauen in der Küche die Gans und die Beilagen präparierten, schmückten Paul Ignaz und ich den Weihnachtsbaum. Brändli war sehr aufgeregt und zeigte sich in bester Laune. Nachdem der Baum in seiner vollen Pracht dastand, schleppte er erstaunlich grosse Weihnachtspakete aus der unteren Etage in unser Heim. Weil die Festgans bereits schmorte, zündeten wir auch schon die Kerzen an. Vor dem Essen galt es aber noch, den Wein zu holen. Paul Ignaz hatte darauf bestanden, für die Getränke selber besorgt zu sein. Da seine «Spalenberg-Stube» alkoholfrei geführt war, hielt er die Weinvorräte bei sich zuhause im Kleinbasel. Er bat mich, ihn dorthin zu begleiten. Fürs Festmahl habe er acht Flaschen gut gelagerten Pommard bereitgestellt. Bis wir zurück sein würden, würde die Gans sicher fertiggebraten sein, und das Fest könnte beginnen. Ich freute mich auf diesen Schmaus. Einen so gemütlichen Abend zusammen mit den Brändlis hätte ich mir vor wenigen Tagen noch gar nicht vorstellen können!

Wir waren bereits aus dem Haus, als Brändli noch

einmal umkehrte, weil er in der Wohnung die Tramkarte und den Wohnungschlüssel vergessen habe, wie er sagte. Es hatte wieder zu schneien begonnen, und bei diesem Wetter war eine Tramfahrt der Benützung des Autos vorzuziehen. Zusammen stapften wir den Spalenberg hinunter zum Marktplatz. Dort bestiegen wir das Tram, das uns zur anderen Rheinseite fuhr.

Durchs Schneegestöber gelangten wir zu Brändlis Wohnung. Die acht Flaschen Pommard lagerten auf dem Parkettboden; sie fühlten sich wohltemperiert an und funkelten im Schein des Stubenlichts. Brändli wickelte jede einzelne in Zeitungspapier ein und schichtete sie in eine Korbtasche. «Jetzt können wir gehen», meinte er dann. Seine Stimme bebte; es war fast wie in der Kirche.

Wir tauchten wieder in den Winterabend. Weil uns auf der Clarastrasse ein Tram wegfuhr, entschlossen wir uns, den Weg zu Fuss zurückzulegen. Wir stapften, die Korbtasche gemeinsam an den Henkeln tragend, über den Claraplatz und durch die Greifengasse. Wir kamen auf die Mittlere Brücke. Der Rhein floss ausserordentlich träge, und die Spiegelbilder der ihn umgebenden Stadtlichter strahlten seltsam klar. Ein Gefühl behaglicher Vorfreude erfüllte mich. Bald würden wir zusammen in unserer Wohnung sitzen, zu viert die reich garnierte Gans und den Pommard geniessen, im Kerzenlicht eine Freundschaft besiegeln, die so lange Zeit in weite Ferne gerückt schien. Silvia und Meret würden das Festmahl schon angerichtet haben – unser Eheglück schien endlich eingebettet in eine harmonische Umgebung, nach der ich mich schon immer gesehnt hatte. Nur Carmens freundschaftliche Anteilnahme würde uns etwas fehlen; aber sie hatte Basel gewiss schon fast vergessen, und uns, deren Trauung sie bezeugt hatte.

Paul Ignaz und ich schienen die einzigen zu sein, die zu

dieser Stunde noch unterwegs waren. Die Familienfeiern mussten schon alle begonnen haben; ich hörte jauchzende Kinder, sah brennende Weihnachtsbäume. Nur einem einzigen Menschen begegneten wir, einem Betrunkenen, der verloren am Brückengeländer hing, verbittert in den Rhein glotzte. Beinahe hätte ich Brändli vorgeschlagen, den Ausgestossenen zu unserem Schmaus einzuladen. Doch ich überwand diesen Impuls christlicher Nächstenliebe, dessen Ausführung fürchterliche Missverständnisse, allseitige Mißstimmung, ja vielleicht gar hässliche Eskalationen hätte heraufbeschwören können, wie mir schnell einfiel. Ich begann den Betrunkenen zu hassen – schliesslich war er ein erwachsener Mensch, kein kleines Kind, und wir lebten in einer zivilisierten Wohlstandsgesellschaft, in der jeder seine Chance hatte, wenn er nur wollte – für seine Menschenwürde selber verantwortlich war, wie mir damals schien. Wir schritten also weiter über die Brücke, genossen schweigend den Anblick der schneeverhangenen Häusersilhouetten dem Grossbasler Ufer entlang; die Münstertürme schimmerten rötlich. Irgendwo in der Ferne durchdrang ein Polizei- oder Feuerwehrhorn die Stille. Sonst aber war alles sanft, weihevoll friedlich, selbst das Knirschen unserer Stiefel im Schnee.

Noch als wir unten in den Spalenberg einbogen, war ich ahnungslos. Auch als Brändli zu schnuppern begann und sagte: «Was ist da los?», verlor ich meine Zuversicht nicht. Behaglich lächelnd antwortete ich: «Weihnächtlicher Bescherungsduft». Erst als ich eines der Feuerwehrautos in der Strasse stehen sah, davor eine dunkle, massige Menschenansammlung, wurde ich stutzig. Ein wildes Feuer züngelte in den Winterhimmel. Es drang aus dem Dachstock des Hauses, in dem sich meine Wohnung befand. Wir erlebten, wie das Gebälk in sich zusammenkrachte. Aus den Fensterlöchern meiner Wohnung stoben die Funken. Die «Spalenberg-Stube» versank im Löschwasser; die Verwüstung war nicht aufzuhalten.

SECHZEHNTES KAPITEL

Die Untersuchungen hatten ergeben, dass Silvia und Meret nicht die geringste Chance gehabt hätten, die Brandkatastrophe zu überleben. Das Feuer hatte offenbar zuerst den Weihnachtsbaum ergriffen, und noch bevor es die in der Küche hantierenden Frauen bemerkt hätten, sei das Benzin in dem unterm Weihnachtsbaum stehenden Kanister, der offenbar unzulänglich geschlossen gewesm sei, explodiert. Dadurch habe sich das züngelnde Element, begünstigt auch durch den durchs zerschmetterte Fenster eindringenden Luftzug, unaufhaltsam ausgebreitet. Eine Flucht ins Treppenhaus sei ausgeschlossen gewesen, weil dieser Weg abgeschnitten gewesen sei. Die beiden verkohlten Leichen hatten Feuerwehrmänner an der Stelle gefunden, wo sich die Schwelle der Tür befand, die einst die Küche vom Wohnzimmer getrennt hatte. Auch die hölzerne Zwischenwand war vollständig ein Raub der Flammen geworden.

Erstaunt hatte den zuständigen Untersuchungsbeamten der Benzinkanister unterm Weihnachtsbaum. Paul Ignaz Brändli lieferte über diese in Geschenkpapier eingewickelt gewesene Explosionsursache eine ebenso verblüffende wie einleuchtende Erklärung. In meiner Verwirrung jener Tage bestätigte ich sie auf Nachfrage der Untersuchungsbehörde. Brändli hatte angegeben, dieses gewiss ausgefallene

Geschenk sei als freundschaftlich-neckische Erinnerung an frühere gemeinschaftliche Autofahrten gedacht gewesen. Auf denen sei es, weil ich oft rechtzeitiges Benzintanken vergessen hätte, immer wieder zu unvorgesehenen Zwischenhalten gekommen. Diese Tatsache konnte ich nur bestätigen – ich fand es im ersten Moment, trotz den eingetretenen tragischen Umständen, geradezu schmeichelhaft, auf welch liebevoll-schelmische Weise Paul Ignaz meiner gedacht hatte. Den Benzinbehälter im Geschenkpapier wertete ich als eine rührende Versöhnungsgeste – denn unsere damaligen Ausfahrten in meinem kleinen Occasion-Wagen hatten uns allen schöne Stunden beschert. Nach der Mißstimmung der letzten Monate und Wochen konnte eine Erinnerung an eine weiter zurückliegende, glückliche Zeit doch nur freundlich gemeint gewesen sein, dachte ich. So kam es, dass ich seine Angaben dem Untersuchungsbeamten gegenüber mit eigenen ausführlichen Informationen untermalte. Indem ich meine aufkommende Wut über seine vermeintliche Tölpelhaftigkeit zu unterdrücken versuchte, half ich den leisen Verdacht über ein unlauteres oder gar verbrecherisches Verhalten gründlich ausräumen. Erst viel später wuchsen in mir Zweifel.

Unmittelbar nach dem Unglück hatte mir Brändli seine Wohnung, die früher Meret gehört hatte, angeboten. Ich war darüber vorerst geradezu froh, denn das ersparte mir Bittgänge bei anderen Bekannten oder Verwandten. Und eine Einquartierung in ein Hotelzimmer hätte ich damals als besonders trostlos empfunden.

Als Brändli an jenem kalten, frühen Morgen des Weihnachtstages die Tür zu Merets Schlafzimmer öffnete, das er mir zur Verfügung stellte, sahen wir, dass Meret tags zuvor vergessen hatte, das Licht zu löschen. Die Lampe schien immer noch; Brändli knipste das Licht mit düsterem Schweigen aus. Die Finsternis, die uns plötzlich umfing, erschreckte mich. Ich reagierte hysterisch; Brändli verliess den Raum geräuschlos. Es kam mir damals vor, als ob ich in einen Traum geraten sei, aus dem ich nicht mehr erwachen könne. Ich verbrachte zwar die folgenden zwei Tage und Nächte fast nur im Bett, aber ich blieb wach.

Auch am Tag der Bestattung von Silvia und Meret auf dem Friedhof wohnte ich noch bei Paul Ignaz. Nach den Beerdigungen befand ich mich am Rand des seelischen und körperlichen Zusammenbruchs. Ich hatte drei Nächte lang nicht mehr geschlafen. Die Vorgänge auf dem Friedhof hatten mir den Rest gegeben. Die Bestattungen wurden getrennt vollzogen, aber zeitlich zusammenhängend, so dass Trauergäste, die an beiden teilnehmen wollten, keine Zeit verloren. Natürlich waren auch Silvias und meine Eltern gekommen, alle mit tragisch-vorwurfsvollen Gesichtern. Mit Brändli schlich ich mich frühzeitig davon. Das Händeschütteln guter und weniger guter Bekannter und Verwandter hatte ich als Tortur empfunden. Ich war derart erschöpft, dass ich auf der Taxifahrt nach Hause eindämmerte. Kaum hatte ich mich dann aufs Bett in Merets früherem Zimmer gelegt, schlief ich ein.

Als ich erwachte, vermutete ich, es sei am nächsten Morgen. In Wirklichkeit hatte ich eine Nacht und einen ganzen Tag geschlafen; es war schon wieder Abend, wie ich etwas später bemerken sollte. Im Bett liegend starrte ich zu den gelblichen Gardinen, dahinter auf einen verschneiten Hinterhof, schneebedeckte Dächer und zwei rauchende Kamine im Dämmerlicht. Ausser diesem traurigen Anblick irritierte mich ein Geräusch, aus dem ich zuerst nicht recht klug wurde, bis ich dahinter kam, dass es sich um den gedämpften Lärm von fliessendem Wasser handelte. Nachdem ich aus dem Bett gestiegen war und an der geschlossenen Badezimmertür im schmalen Vorraum gelauscht hatte, wusste ich es. Das Badezimmer war verschlossen; Brändli badete. Die Tür zu seinem Schlafzimmer dagegen stand einen Spalt weit offen. Ich öffnete sie ganz und nahm ein ziemliches Durcheinander von verstreuten Kleidern wahr; auch die Kastentür stand offen, aber der schwarze Hut war nicht da drin. Schliesslich entdeckte ich ihn auf einer Kommode am Fenster. Gedankenverloren ergriff ich ihn und drehte ihn in den Händen, während ich durchs Fenster in den Hinterhof sah, wo Kinder einen Schneemann bauten. Es war ein ungewöhnlich breitrandiger, hoher Hut, auch inwendig exklusiv verarbeitet, nämlich mit einem breiten, am oberen Saum festgenähten Band, das derart üppig gefüttert schien, dass es eine Art Kopfpolster bildete. An einer Stelle war die Naht des Bandsaums aufgerissen, mein Zeigefinger verirrte sich im Loch und blieb stecken. Ich machte eine seltsame Entdeckung: Unter diesem Band waren sorgfältig gefaltete Banknoten versteckt, ein geschickt getarntes Depot von vielen Dutzend Tausendernoten! Schnell legte ich den Hut zurück auf die Kommode; das war ein Geheimnis, das Brändli todsicher nicht preisgeben wollte. So ein Kauz – er bewahrte sein Vermögen statt zinstragend auf einer Bank in seinem grossen, alten Hut auf! Das erinnerte mich an Geschichten von misstrauischen Hutzelweibchen; sie gingen Zeit ihres Lebens betteln, und nach ihrem Tod fand man unter ihren Matratzen einen alten Strumpf, in dem ein Vermögen unangetastet dahinmoderte. Eigentlich erstaunte mich das gar nicht; es passte zu diesem rätselhaften kleinen Mann, der nun so scheinheilig in der Badewanne planschte! Wie ärmlich er getan hatte, nachdem er nach Basel gekommen war und sich in meinem Estrich eingenistet hatte – gratis, versteht sich. Dass ich nun auch noch den auf dem Bett liegenden Kittel mit dem merkwürdigen Futter näher untersuchte, war eine Eingebung meines Instinkts. Ich stiess auch da auf ein leise raschelndes Banknotenlager. Brändli schien mit grösster Selbstverständlichkeit als wandelnder Tresor umzugehen. Ich schlich mich schnell in mein Zimmer zurück und verkroch mich in Merets Bett. Es hätte keinen Sinn gehabt, mich jetzt anzukleiden, denn zuerst wollte auch ich mich erfrischen.

Kurze Zeit später hörte ich ihn aus dem Badezimmer in seine Kammer gehen, und es verstrichen nur wenige Minuten, bis er festlich gekleidet in mein Zimmer trat. Mein Wissen darum, dass er im Futter seines Kittels ein Riesenvermögen versteckte, stimmte mich fast ein wenig heiter.

«Ah, du bist wach? Ich dachte schon, du würdest auch noch die nächste Nacht durchschlafen», begrüsste er mich. Er erklärte mir, dass er heute abend ins Kino gehe. Ich erkundigte mich, zu welchem Film, und er sagte mir, es sei ein französischer; er heisse «Landru». Ich zeigte keine Lust, ihn zu begleiten; so liess er mich allein an jenem Abend. Natürlich hatte er sein Zimmer wieder abgeschlossen, und sicher auch seinen Kasten, in dem wohl sein Hut lag.

Ich unternahm einen kurzen Spaziergang, dann legte ich mich wieder zu Bett und schlief ein, bevor Brändli zurückgekehrt war. Am anderen Morgen studierte ich den Wohnungsanzeiger, um mir möglichst schnell ein eigenes Zimmer zu mieten. Ich hatte Glück; schon aufs Neujahr konnte ich als Untermieter zu einer AHV-Rentnerin ziehen. Das Zimmer befand sich oben am Spalenberg, ganz in der Nähe meiner niedergebrannten Wohnung. Das war mir lieb, trotz der Katastrophe am Heiligen Abend. Das Quartier war mir ans Herz gewachsen, und ich war froh, Brändlis Wohnung entkommen zu sein. Ich hatte die Nähe dieses Mannes nicht mehr länger ertragen, obwohl er weder aufdringlich noch sonstwie nachweisbar unangenehm gewesen wäre. Aber aus seinem Verhalten konnte ich keine Zeichen der Trauer erfahren; das stiess mich ab. Ich hatte ihn ohne Streit verlassen. Merkwürdigerweise meldete er sich bei mir in den nächsten Wochen auch nicht, und als ich ihn schliesslich einmal besuchen wollte, an einem Samstagnachmittag im Februar, stand seine Wohnung leer. Er war ausgezogen, hatte offenbar alle Möbel verkauft – die Wohnung war bereits an neue Mieter, ein junges Ehepaar, vergeben. Ich verstand das nicht. Ich forschte noch ein wenig nach ihm, vergeblich; er schien sich in Rauch aufgelöst zu haben. Obwohl mich das alles erstaunte, hatte ich damals nicht allzu viele Gedanken darüber verloren. Silvias Tod hatte mir derart zugesetzt, dass mich ausser heftiger Trauer keine anderen Gefühle bewegten. Erst als der Schock über die Brandkatastrophe allmählich nachgelassen hatte – und das dauerte Monate, ja Jahre! – fing ich an, über Brändli nachzudenken. Wäre ich dazu früher fähig gewesen, wäre er vielleicht schon kurz nach dem Unglück verhaftet worden.

SIEBZEHNTES KAPITEL

Die einzige Möglichkeit, meinen Schmerz zu lindern und die bedrückende Leere, die Silvias Tod hinterlassen hatte, scheinbar zu füllen, fand ich in der journalistischen

Arbeit. Ich übernahm Aufgaben, vor denen jeder vernünftige Mensch zurückgeschreckt wäre. Meine Arbeitswut hatte sich schnell herumgesprochen, und bald war ich für andere eine Art bequeme Institution – dies umso mehr, als mich nicht persönlicher Ehrgeiz zu aussergewöhnlichen Leistungen trieb, sondern schlicht das Bedürfnis, mir ein Nachgrübeln über mein Unglück zu verunmöglichen. Ich scheute keine Überstunden auch in tiefer Nacht und bügelte jederzeit Disziplinlosigkeiten und Fehler anderer ohne Aufhebens aus, nur, um mir die nötige Beschäftigung zu verschaffen, die mir über meine Depressionen hinweghelfen sollten. Für meine Kollegen war ich trotz meiner Leistungseuphorie kein Konkurrent; sie hatten schnell gemerkt, das es mir nicht um meine Karriere ging. So brachte mich mein Arbeitseifer sogar in die Lage, als Nachfolger für den an einem Herzinfarkt dahingerafften Chefredaktor für den Lokalteil vorgeschlagen zu werden. Ich hatte diese Gefahr gerade noch rechtzeitig erkannt und unmissverständlich abgewinkt. Auf solche Lorbeeren wollte ich lieber verzichten; es ging mir nicht um die Chefwürde, die doch auch nur eine ganze Reihe neuer Bürden mit sich gebracht hätte, nach denen es mich nicht gelüstete. Als Journalist wollte ich mich weder mit Prokura-Pflichten samt dem damit verbundenen administrativen Kram herumschlagen, noch hohe Repräsentationspflichten übernehmen, was ein solches Amt mit sich bringt. Es reichte mir, ab und zu den Chefredaktor an stundenlangen Geschäftsleitungssitzungen und anderen internen Konferenzen vertreten zu müssen. Meine Situation hatte ich meiner Vertrauten in Südamerika geschildert. Carmens Antwort aus Venezuela kam schnell wie noch nie; sie liess sie mir in einem eingeschriebenen Express-Couvert zugehen. Offenbar hielt sie meine Lage für besonders alarmierend. Sie sah das Ganze allerdings anders als ich und meinte, ob es für mich nicht vorteilhaft sei, wenn ich mich zu einer verantwortungsvollen Tätigkeit als Chefredaktor entscheiden könnte, da mir diese Position nun schon serviert würde. Das würde mir vielleicht jene Stabilität verleihen, so meinte Carmen in ihrem Brief, an der es mir bisher ermangelt habe. Im übrigen warnte sie mich vor einer wilden Beschäftigungstherapie, als welche sie meine Arbeitswut bezeichnete. Sie meinte, dass sich der Raubbau an meinen Kräften früher oder später rächen könnte und empfahl mir dringend die Behandlung durch einen Psychotherapeuten. Vor einer solchen graute mir freilich. Ein Psychiater, den ich beim Schachspiel einmal im Scherz gefragt hatte, ob er mich als Patienten nehmen würde, hatte nervös versichert, er hätte schon den ganzen Stall voll seelischer Krüppel.

Nachdem ich den Chefredaktoren-Posten erfolgreich abgewehrt hatte, versuchte ich, alles ein wenig ruhiger zu nehmen. Damals begann ich über Paul Ignaz Brändli nachzudenken. Warum hatte er sich wie ein Mörder aus der Stadt geschlichen? Es fielen mir Details ein, die mich bisher nicht beschäftigt hatten. Als wir an jenem fürchterlichen Heiligen Abend aufbrachen, um im Kleinbasel den Wein für den Festschmaus zu holen, hatte er mich auf dem Spalenberg doch plötzlich allein gelassen und war nochmals in die Wohnung zurückgekehrt, angeblich, weil er die Tramkarte und den Wohnungsschlüssel vergessen hatte. Ich vergegenwärtigte mir, wie er statt dessen, während Silvia und Meret in der Küche das Essen präparierten, in aller Heimlichkeit im Wohnzimmer Feuer gelegt und möglicherweise, um den Erfolg seiner Absicht zu gewährleisten, mit einer kleinen Handbewegung den Verschluss des in Geschenkpapier eingewickelten Benzinkanisters geöffnet habe. Der Brand hätte sich langsam ausgebreitet, ohne dass die Frauen in der Küche vorerst etwas bemerkt hätten, und die Explosion wäre erst etwas später, als wir uns bereits auf dem Weg ins Kleinbasel befanden, erfolgt. Das alles war sicher das Werk sorgfältiger Planung gewesen, Brändlis teuflisches Werk, so hatte ich gefolgert. Düster begann ich über mögliche Motive zu brüten, die diesen merkwürdigen Menschen zu einer solchen Tat hätten treiben können. Immer wieder fiel mir unser Zwist um die Wohnung in der dritten Etage ein. War es das gewesen, hatte er es nicht verschmerzt, dass der Hausbesitzer Silvia und mir und nicht ihm, dem Wirt vom Spalenberg, diese Wohnung abgetreten hatte? War das der Grund seiner plötzlichen Freundlichkeit gewesen, mit der er uns in jenem Dezember, nachdem die Nachricht des Hausbesitzers eingetroffen war, begegnete? Ja natürlich – sagte ich mir –, er, Brändli, hatte ja vorgeschlagen, Weihnachten gemeinsam in unserer Wohnung zu feiern! Hatte er sich den Plan, mit einem Brand an uns, Silvia und mir, auf so fürchterliche Weise zu rächen, kühlen Herzens ausgeheckt – und dabei eine gewaltige Zerstörung in Kauf genommen? Auch er hatte ja viel verloren, seine «Spalenberg-Stube», ja sogar Meret, seine Frau! War er ein Sadist, ein Pyromane, ein pathologischer Fall?

Ich erwog aber auch andere Möglichkeiten. Ich dachte zum Beispiel an Versicherungsbetrug – schliesslich trug er ein ganzes Banknotenlager auf sich, in den Nähten seines Hutes und Kittels, den er nie in Anwesenheit anderer Personen ausgezogen hatte. Vielleicht hatte er schon früher ein ähnliches Verbrechen begangen; ich entsann mich seiner Schilderungen über eine Brandkatastrophe am Murtensee, an dem offenbar seine erste Frau ums Leben gekommen war!

Meine Gedanken waren nicht mehr als vage Vermutungen – aber je länger ich darüber brütete, desto monströser erschien mir Brändli. Ich begann, ihm jede Schandtat zuzutrauen. Erneut bemühte ich mich, nach seinem Aufenthalt zu forschen – vergeblich! Dies und meine angeknackte seelische Verfassung, die mich manchmal befürchten liess, unter Verfolgungswahn zu leiden, verhinderten, dass ich aus meinen immer zwingender werdenden Mutmassungen die letzten Konsequenzen gezogen hätte. Das hätte natürlich nur heissen können, dass ich ihn unter Mordanklage hätte stellen lassen! Die Polizei hätte ihn zweifellos von seinem Versteck aufgestöbert. Aber eben, dazu fehlte mir die entscheidende Überzeugungskraft – ich schwebte in jener Zeit in einem gefährlichen psychischen Zustand, und manchmal schien mir, falls ich offiziell Strafanzeige erheben würde, könnte das für mich das Ende meiner eigenen Freiheit bedeuten. Ich befürchtete, man würde mich für einen vom Verfolgungswahn Getriebenen halten und in der Psychiatrischen internieren – statt Brändli zu verhaften! Überlegungen, die meinen damaligen labilen Zustand zur Genüge illustrieren mögen. Jedenfalls hütete ich mich, meinen Verdacht selbst Bekannten und Freunden anzuvertrauen. Ja, sogar Carmen hatte ich meine Ideen verschwiegen. Von Venezuela aus hätte sie mir wahrscheinlich doch nur von einer überstürzten Aktion abgeraten. Brändli hatte ja auch zu ihrem Freundeskreis gehört.

Eines Mittags, es war im Sommer, und seit dem Unglück am Spalenberg waren erst anderthalb Jahre verstrichen, ass ich auf der Terrasse des Café Spitz. Sonst verbrachte ich die Mittagspausen, falls ich nicht an einem Presselunch oder auf Reportagefahrt weilte, oft im Redaktionsbüro, wo ich während der Arbeit an der Schreibmaschine aus der Schublade etwas Wurst, Brot und Früchte zu mir nahm, eine Verpflegung, die ich mir meist selber aus einem nahen Coop-Laden mitbrachte. Seitdem ich beschlossen hatte, mir mehr Musse zu gönnen, leistete ich mir ein- bis zweimal in der Woche ein Essen in einem Restaurant. Auch während jener Mahlzeit grübelte ich, wie so oft in jener Zeit, über das Heilige Abend-Feuer am Spalenberg. Ich führte in Gedanken zärtliche Gespräche mit Silvia, die ich mir lebendig wünschte. Dabei hütete ich mich, diese Dialoge vor meiner Umgebung sichtbar zu machen; denn nicht wahr, ein Selbstgespräche führender junger Mann – oder noch schlimmer: ein mit einem unsichtbaren Gesprächspartner flüsternder Einzelgänger – war wohl kaum nach dem Geschmack der hier ihre Mittagspause absolvierenden Durchschnittsesser. Wie schnell fiel einer auf! Wie schnell konnte einer diffamiert, disqualifiziert und ausgeschieden werden – in meinem Fall vielleicht durch Einweisung in die Psychiatrische Klinik ... So jedenfalls schätzte ich damals die Situation ein; trotz meinem allerdings fragwürdigen Erfolgserlebnis mit der Fast-Ernennung zum lokalen Chefredaktor. Ich war wohl erheblich neurotisiert.

Jetzt sah ich mich um und entdeckte am Nebentisch eine jüngere Frau, die mich neugierig, um nicht zu sagen misstrauisch musterte. Hatte sie mich sprechen gesehen? Nein, das war es offensichtlich nicht, wie ich aus ihrem weiteren Benehmen glaubte schliessen zu können. Und als ich sie ebenfalls verstohlen beobachtete, erkannte ich sie plötzlich: Das war doch Klara, die Tochter des Yogi und Schwester des ertrunkenen Chirurgen! Carmen hatte uns kurz vor ihrer Abreise nach Venezuela berichtet, Klara habe sich mit Hugo Mischler, mit dem wir sie an Brändlis Hochzeit im «Gifthüttli» gesehen hatten, kürzlich verheiratet. Nun sass sie also hier auf der Terrasse, ass ein geräuchertes Forellenfilet und hütete ein Buschi, das ich leider nicht sehen konnte, weil es im Kinderwagen lag und durch einen Sonnenschirm verdeckt war. Ob es wohl Hugo Mischler glich, oder Klara, oder beiden, was ich mir nicht recht vorstellen konnte? Vielleicht trug es auch die ein wenig vergeistigten Gesichtszüge seines Grossvaters, des Yogi, oder seines Grossonkels, des Altertumforschers Adalbert Windisch? Oder gar jene seines Onkels, Klaras Bruder, dessen Laufbahn so schnell zu Ende war? Ich war versucht, mich zu erheben, um möglichst unauffällig in den Kinderwagen zu spähen – ich liess es dann doch bleiben. Es hätte wohl einen schlechten Eindruck hinterlassen bei Klara, der es ja nicht entgangen sein dürfte, dass Silvia und ich sie samt ihrem Hugo damals im «Gifthüttli» sorgfältig beobachtet hatten. Vielleicht hatte sie genug zu tragen an der Ehe mit Hugo Mischler, der, wie ich wusste, vorher schon eine ganze Reihe unehelicher Kinder gezeugt hatte. Eine unübersichtliche Verwandtschaft, über die sich Klara wohl kaum freuen konnte, geschweige denn ihr prinzipientreuer Vater, der – so jedenfalls hatte mir ihn Silvia geschildert – so sehr auf seinen Ruf bedacht war. Ich unterdrückte also meine Neugier und versuchte, Klara freundlich zu grüssen; sie schien allerdings nicht auf Kontakt aus zu sein und erwiderte den Gruss nicht, wobei es unnachweisbar war, ob sie ihn hinter ihrer Sonnenbrille vielleicht gar nicht bemerkt hatte.

Seit jener Zeit begegnete ich Klara und ihrem Kind des öftern. Einmal war es mitten in der Stadt, auf dem Barfüsserplatz oder in der Freien Strasse, ein andermal im Tram oder im Schützenmattpark, und einmal, es war schon einige Jahre später (und das Kind, ein Knabe, ging bereits herum), traf ich sie im Kunstmuseum beim Betrachten einer Sonderausstellung über den «Tod zu Basel». Etwas überrascht konstatierte ich, dass der Bub vor allem seinem Grossvater, dem Yogi, zu gleichen schien. Jedenfalls verriet sein Gesichtchen schon jetzt eine erstaunliche geistige Konzentration, und sogar der empfindliche und leicht sadistische Zug um den Mund, der mir bei einem kurzen Zusammentreffen mit dem Yogi vor einigen Jahren sofort aufgefallen war, schien schon vorgezeichnet zu sein. Bei Klara war derartiges nicht zu sehen; sie wirkte gesünder. Ich weiss nicht, ob die Mutter, die sich übrigens inzwischen von Hugo Mischler getrennt zu haben schien, mein Interesse fürs Kind bemerkt hatte. Mit den Jahren, nachdem wir uns immer wieder zufällig begegnet waren, begann sie mich zu grüssen; aber eher distanziert, so, wie man eben Leute grüsst, denen man öfters begegnet, ohne zu wissen, wer sie eigentlich sind. Der Knabe wuchs schnell in die Höhe, er würde ein Riese werden, das sah man immer deutlicher. Dabei wirkte er weiterhin weniger robust als seine Eltern, eher schlacksig, aber vielleicht war das eine Folge des hastigen Wachstums.

ACHTZEHNTES KAPITEL

Seit dem Unglück mit Silvia dürften etwa sechzehn oder siebzehn Jahre vergangen sein; ich lebte jedenfalls bereits in meiner heutigen Wohnung an der Maiengasse, die ich bezogen hatte, nachdem die AHV-Rentnerin am Spalenberg, wo ich als Untermieter wohnte, gestorben war und die Wohnung von der Hausbesitzerin beansprucht wurde. Eines Abends im Herbst betrat ich die Bar im Kleinbasel, in der ich ab und zu ein- und ausging, weil dort früher Carmen gearbeitet hatte. Seither hatten die Barmaids häufig gewechselt. Ich war ein eher rarer Gast; vielleicht jedes halbe Jahr guckte ich hinein, um einen Calvados oder ein Bier zu trinken – und natürlich, um Erinnerungen an Carmen aufzufrischen, die damals, neben Klara und ihrem Kind, meine einzige Bezugsperson zur verstorbenen Silvia war. Dabei schrieben wir uns nur noch selten, eine Postkarte zum Jahreswechsel – das war alles. Meine Abstecher in der Bar hatten wie gesagt den Zweck, Carmens Andenken für mich zu konservieren. Das tat ich beispielsweise, indem ich bei meinen Besuchen das Gespräch bei der jeweils meist neuen Bardame und den teils ebenfalls wechselnden, teils auch ewig gleichen Gästen auf Carmen brachte, die vor soundsoviel Jahren hier unvergesslich gewirkt habe. Ich lobte ihre unvergleichliche Persönlichkeit, ihren Charme, auch ihre psychologischen Kenntnisse – und erzählte einige Episoden aus ihrem früheren Kleinbasler Bardasein, die mir einst Brändli und Meret anvertraut hatten, so weit ich mich erinnere. Manchmal wurden meine nostalgischen Schilderungen von Erzählungen eines alten Stammgastes ergänzt, der Carmen ebenfalls nachtrauerte, wenn auch aus anderen Gründen.

Einmal kam Jürg Frisch in die Bar getorkelt; er war ziemlich angeheitert und schlug mir begeistert auf die Schultern, so dass ich zusammenzuckte. Wir hatten uns seit Jahren nicht mehr gesehen, und er hatte sich äusserlich ziemlich verändert; er wirkte aufgedunsen und hatte eine Glatze. Ich war dennoch froh über diese Begegnung, denn sie erinnerte mich an ein Gespräch mit Jürgs Frau in der «Spalenberg-Stube» wenige Tage vor dem Unglück. Mathilde Frisch hatte mir gesagt, Brändli sei bewaffnet – eine erstaunliche Äusserung, der ich damals auf den Grund gehen wollte; aber ich hatte sie wieder vergessen. Jürgs unerwartetes Auftauchen in der Kleinbasler Bar brachte mich wieder darauf, Mathilde danach zu fragen. Ich erkundigte mich bei Jürg, wo ich sie erreichen könne – und er gab mir ihre Telefonnummer. Die Frischs wohnten jetzt auf dem Land und führten offenbar eine Dorfmetzgerei mit Wirtschaft. Jürg selber wusste über Brändlis Aufenthalt auch nichts; ich hatte ihn schon früher danach gefragt. Das einzige, worüber er mir berichten konnte, war sein Erstaunen über des Wirtes plötzliches sang- und klangloses Verschwinden. Von Mathilde erfuhr ich dagegen anderntags am Telefon, Brändli habe bei der Eröffnung der Spalenberg-Stube einen Revolver auf sich getragen, den er offenbar an einem Lederriemen befestigt hatte. Sie habe das Metall unter seinem Kittel betastet, als sie mit ihm geschmust habe während des Spalenberg-Fests ... Ich hielt diese Auskunft für interessant; irgendwie schien sie zu meiner Entdeckung der im Kittelfutter und im Hut eingenähten Banknoten zu passen. Anderseits sagte ich mir, dass Brändlis Bewaffnung insofern nichts Aussergewöhnliches sei, als ja jeder Schweizer Mann zuhause ein Schiesseisen, seine Militärwaffe, aufbewahre. Aus dem Rahmen fiel lediglich, dass Brändli das Mordwerkzeug heimlich an ein Fest mitgenommen hatte; zudem hatte Mathilde von einem Revolver gesprochen. Ich ahnte, dass er diese Waffe stets auf sich getragen haben musste. Das mag der Grund gewesen sein, weshalb er auch bei grosser Hitze in Gesellschaft nie seinen Kittel ausgezogen hatte!

Doch ich wollte von jenem Herbstabend erzählen. Etwa siebzehn Jahre nach dem Unglück am Spalenberg also betrat ich wieder einmal die Kleinbasler Bar, um mich dort wie schon so oft über Carmen zu unterhalten. Meine

Überraschung war gross, als mir von der Theke kein unbekanntes Mädchen, sondern Carmen persönlich entgegenlachte. Sie war es wirklich, kaum gezeichnet von ihrem jahrelangen Aufenthalt in Südamerika, etwas schlanker geworden vielleicht und immer noch erstaunlich jugendlich nach all der Zeit. Sogar die Locken ihres Rotschopfs schienen unverändert, und die Augen standen unentwegt weit aufgerissen, wachsam und irgendwie andächtig.

Sie entschuldigte sich sofort bei mir, dass sie mich bisher von ihrer Rückkehr nicht benachrichtigt habe. Sie sei letzte Woche gewissermassen Hals über Kopf von Venezuela abgereist, aus einer schlimmen Geschichte, die sie mir jetzt nicht erzählen könne; offenbar eine Rauschgiftaffäre, in die jene Männer verwickelt waren, von denen sie abhängig gewesen war und die sie mit ihrer gewohnten liebevollen Einfühlsamkeit schilderte, voller Bewunderung ... Ich wollte nicht weiter forschen – ich war froh über ihre unerwartete Anwesenheit, ihre wohltuende Nähe. Allerdings schien sie sich – das merkte ich im Verlauf unseres stundenlangen Gesprächs an der Theke – doch verändert zu haben. Sie schien etwas besinnlicher geworden, auch etwas zurückhaltender und vorsichtiger, wie mich dünkte: Mit fremden Bargästen schäkerte sie nicht mehr ohne weiteres. Früher mochte das anders gewesen sein. Natürlich sprachen wir bald über Silvia und unsere gemeinsame Spalenberg-Zeit. Über Brändli und Meret äusserte sie sich kaum, sie schwieg da nur betroffen. Hingegen hielt sie das «Hohe-Priester-Ich» von Silvias Vergangenheit in respektvoller Erinnerung, und aufmerksam hörte sie sich die Erzählungen über meine Beobachtungen von Klaras Sohn an, dessen Onkel Wendelin Windisch gewesen wäre, wäre dieser nicht eines Nachts im See verschwunden. Wir versuchten uns auch vorzustellen, wie Wendelin heute aussehen würde. Ich stellte ihn mir als glatzköpfigen Chefarzt des Kantonsspitals vor, der lückenlose Betriebsorganigramme erstellte, die von allen fortschrittlichen Krankenhäusern im Land übernommen würden. Es war mir nicht entgangen, dass auf dem vergilbten Zeitungsbild, das Silvia damals mit sich herumgetragen hatte, am Stirnrand des leicht hochstehenden, schwarzen Chirurgenhaars, bereits ein Glatzenansatz zu erkennen gewesen war; eine Beobachtung, die ich Silvia selbstverständlich verschwiegen hatte – sie hätte es ja doch nur verdrängt.

Carmen erkundigte sich auch nach Wendelins Vater, dem Grossvater von Klaras Sohn, dem Yogi. Als ich ihr berichtete, dass er noch nicht verstorben sei, sondern immer noch mit sportlichen Aktivitäten hervortrat, horchte sie auf. Ein Zufall wollte es, dass ich tags zuvor von der Parapsychologischen Gesellschaft, deren Mitglied ich geworden war, eine Einladung erhalten hatte zu einem Vortrag des Yogi über «Die Dummheit des Durchschnittsmenschen». Auch Carmen fand das einen seltsamen Titel. Wir beschlossen, gemeinsam diesen Abend zu besuchen.

Er fand in der darauffolgenden Woche in einem Hörsaal der Universität statt; die Stühle waren alle besetzt, und wir konnten uns, da wir etwas zu spät gekommen waren, nur noch zwei Stehplätze ergattern. Der Yogi wirkte aussergewöhnlich agil für sein Alter; er mochte doch schon gegen neunzig sein, aber seinen Vortrag empfand ich als leicht peinlich. Ich konnte mich des Eindrucks nicht erwehren, als ob es diesem Seelenführer vor allem darum gehe, seine Ressentiments gegen die Leute, von denen er lebte, loszuwerden – ein Bedürfnis, über dem ein Yogi stehen sollte, wie ich fand. Irgendwie kam es mir sogar vor, Klaras Vater mache sich – unnachweisbar zwar für Aussenstehende, aber umso eindrücklicher für Eingeweihte – seinem Ärger über seinen ehemaligen, zweifellos unerwünschten Schwiegersohn Hugo Mischler freie Luft. Vielleicht war das ein falscher, subjektiver und ungerechter Eindruck – aber ich wurde ihn nicht los. Abgesehen von dieser, wie ich glaubte, tendenziös und geradezu exhibitionistisch dargelegten Familienerfahrung strotzte des Yogis Vortrag von arroganten Bemerkungen gegenüber Leuten, die er ja schliesslich mit seinen Yogakursen jahrzehntelang auch angesprochen hatte – und er hatte damit nicht schlecht verdient, wie mir schien. Das Ganze empfand ich als eine für einen geistig angeblich so hochstehenden Menschen unwürdige Ausfälligkeit, eine Meinung, die Carmen mit mir nicht teilte. Ganz im Gegenteil, der Vortrag hatte sie offenbar ergriffen: Schon am nächsten Tag kaufte sie sich Bücher über Yogatechniken, und nach einigen Wochen teilte sie mir mit, sie habe sich beim Nachfolger von Klaras Vater zu einem Kurs einschreiben lassen. Zwei Jahre danach reiste Carmen nach Indien, wo sie sich nur noch der transzendentalen Meditation widmen wollte. Seither habe ich nichts mehr von ihr gehört, geschweige denn sie gesehen. Nur ein Gerücht von zweifelhaftem Charakter kam mir noch zu Ohren, wonach sie auf dem Weg nach Indien einer Frauenhändler-Gang ganz in die Hände gefallen und in einen vorderorientalischen Harem verschleppt worden sein soll. Ich versuchte mir vorzustellen, ob dies ihren unverdrossenen Optimismus gegenüber allem, was das Leben unter den Mitmenschen bedenklich macht, in irgendeiner Weise beeinträchtigt habe.

NEUNZEHNTES KAPITEL

Carmen war meine letzte Verbündete gewesen, die meine glückliche Zeit mit Silvia am Spalenberg miterlebt hatte. Klara mit ihrem Kind dagegen war für mich ein Phantom, das einen Albtraum schattenhaft verlängerte. Nach Carmens Wegzug nach Indien oder Istanbul – sie hatte niemandem eine Adresse hinterlassen – fühlte ich, dass es auch mich nach einem Aufbruch drängte. Die Wohnung an der Maiengasse, die ich nach dem Tod meiner alten Zimmervermieterin am Spalenberg bezogen hatte, bot nicht nur mehr Raum als jenes Zimmer, sondern sie war auch bedeutend grösser, als es meine erste Wohnung gewesen war, in der Silvia den Tod gefunden hatte. Es schien also, dass ich mindestens unbewusst vorgesorgt hatte. Die Möglichkeit einer familiären Entwicklung hatte ich nicht ausgeschlossen – zu einer Zeit, in der mich immer noch die Trauer um Silvia umfangen hielt. Der Psychiater, mit dem ich mich in einem Restaurant manchmal zum Schachspiel traf, hielt meine langatmige Trauer übrigens für krankhaft. Gesunde trauerten offenbar nur sehr kurz – und gingen dann zur Tagesordnung über. Als hartnäckig Trauernder entsprach ich nicht den Vorstellungen eines Mannes, der menschliche Beziehungen offenbar nur nach Gesichtspunkten der Zweckmässigkeit zu beurteilen und steuern wünschte. Ich fühlte mich allerdings wohler in meiner anfechtbaren Haut, als wenn ich nach den Vorstellungen meines Schachpartners funktioniert hätte.

Zwanzig Jahre waren inzwischen seit dem Unglück vergangen. Auf einer Taxifahrt lernte ich die Kunststudentin Susanne Leimgruber kennen, die sich ihr Studiengeld als Chauffeuse aufbesserte. Ich schleppte einen grossen Vogelkäfig mit mir, den ich mir soeben erstanden hatte.

Nachbarn hatten in mir einen Tierfreund entdeckt, nachdem sie mich beim Füttern der im Gärtchen hinterm Haus, wo ich wohnte, lebenden Schildkröte mit Tomaten beobachtet hatten. Die Schildkröte gehörte zwar nicht mir, sondern der unter mir wohnenden Familie, die das Tier an einer Lotterie gewonnen hatte, wie ich hörte. Die Nachbarn entlarvten mich als verständnisvollen Förderer stummer Kreatur, und sie eröffneten mir, dass sie froh seien, in mir einen würdigen Abnehmer ihrer Wellensittiche gefunden zu haben. Die Vögel konnten sie nicht ins Ausland mitnehmen, wohin sie aus Gründen des Berufswechsels des Familienernährers umzuziehen hatten. So war ich damals unfreiwillig zum Betreuer von vier zwar nicht stummen, aber grundanständigen Vögeln geworden, die ich wegen ihrer selbstgenügsamen Lebensweise schnell ins Herz schloss. Meine gefiederten Freunde bemitleidete ich wegen ihrer beschränkten Bewegungsmöglichkeiten in einem, wie ich fand, viel zu engen Käfig, weshalb ich nun eben ein grösseres Gittergehäuse angeschafft hatte. Während dessen Heimtransport erzählte ich Susanne Leimgruber die Hintergründe dieses Kaufes. Ich erwähnte auch, dass mich die Vögel trotz ihrer bescheidenen Ansprüche doch auch in meiner Freiheit einschränken würden; jedenfalls könnte ich mir nun keine Ferien- und andere Abwesenheiten von mehreren Tagen mehr vorstellen. Ich machte mir ein Gewissen daraus, die Tiere mindestens alle zwei Tage mit frischem Kornfutter und Wasser sowie neuen knusprigen Salatblättern zu verköstigen, ganz abgesehen von der Notwendigkeit des wöchentlichen Käfigputzens und des Auswechselns von Streusand. Susanne Leimgruber interessierte mein Problem. Sie stellte sich begeistert zur Verfügung, wenn nötig die Tiere zu pflegen. Sie gab mir ihre Telefonnummer, und ich wusste es einzurichten, schon bald für einige Tage einen Presseflug auf die Insel Korsika unternehmen zu müssen. Susanne fütterte zuhause die Vögel. So lernten wir uns schnell näher kennen. Vor einigen Wochen haben wir beschlossen, zu heiraten.

Susanne lebt heute in meiner Wohnung, die ihr sehr gefällt. Das einzige, was sie stört, sind gewisse Zementierungen, die ein Bewohner im Gärtchen hinterm Haus zuweilen vornimmt. So pflästerte dieser unentwegte Freizeitarbeiter nicht nur ein die Gartendimension bei weitem sprengendes Riesenkamin mit Rost in ein Blumenbeet, sondern er baute auch einen massiven Betonsockel, den er unter das zarte Gartenhäuschen stellte, wo er wie eine grobe Faust unter einem beseelten Auge wirkt. Früher stand das Häuschen auf malerischen Sandsteinplatten, zwischen denen Gras und Moos behutsam hervorwuchsen. Weiss der Teufel, warum der Mann diese Idylle zerstört hat. Susanne verfolgt das alles mit wachsendem Grauen. Neulich meinte sie, wenn dieser Mann demnächst auch noch einen Gartenzwerg vor den Kaminrost stelle, so sei das ein Grund, aus der Wohnung auszuziehen – so leid ihr das tue ... Gartenzwerge mag sie eben nicht ausstehen. Für sie sind sie der Inbegriff des Spiessigen; ja, sie bezeichnete sie sogar als «dämonisch». Darüber musste ich herzlich lachen. Ich konnte mir zwar auch einen erbaulicheren und sinnvolleren Gartenschmuck vorstellen als einen Gartenzwerg; aber ich beurteilte eine solche Figur doch als harmlos.

Susannes Befürchtungen haben in den letzten Wochen und Tagen neue Nahrung erhalten, nachdem die Parterrewohnung in unserem Haus leergeworden war. Der frühere Mieter, ein stiller Mensch, der sich um die Gestaltung des Gartens nie gekümmert hatte, ist ins Altersheim gezogen.

Gespannt sahen wir seinem Nachfolger entgegen. Gestern bemerkte ich einen ersten Hinweis auf ihn: Am Fensterkreuz des Parterrefensters hing innen ein grosser, schwarzer Hut. Diese Entdeckung machte mich unruhig, aber ich vergass sie wieder. Den neuen Mieter selber konnte ich erst heute morgen sehen, bei Sonnenaufgang.

Susanne und ich verbrachten die Nacht gemeinsam. Ich erlebe meinen zweiten Frühling – wer hätte das gedacht! Doch was sollen grosse Worte. Zerreden lässt sich vieles; euphorische Zärtlichkeit nicht. Wir schlummerten in unserer Umarmung, das Schlafzimmerfenster stand weit offen, ein erster Sonnenstrahl drang zu uns. Da hörte ich es: ein eigenartiges Geräusch im Gärtchen. Zuerst mass ich ihm keine Bedeutung bei, doch dann hörte ich es wieder – bis ich es schliesslich identifizieren konnte: Es war das Geräusch eines den Kiesweg rechenden Menschen. Ob der Betonierer schon wieder am Werk war? Schliesslich schlüpfte ich aus dem Bett und trat ans Fenster. Und da sah ich ihn stehen, mitten im Gärtchen, auf dem Kiesweg: Paul Ignaz Brändli – ein fürchterlicher Gartenzwerg! Im ersten Moment brachte ich kein Wort hervor – meine Stimme versagte. Er hatte mich ebenfalls gesehen. Fast schien es, als ob er gewartet hätte, bis ich zu ihm hinunterspähte.

«Guten Tag, Louis», sagte er.

Ein Sonnenstrahl spiegelte sich in seinen runden Brillengläsern. Die hatte er früher nicht getragen, das war neu. Die Spiegelung in der Brille blendete mich.

«Was suchst du hier?», stiess ich hervor, «woher kommst du, was machst du da?» Ich wollte noch brüllen: «Fort, lass uns in Ruhe!», aber das schaffte ich nicht.

«Ich bin der neue Mieter», sagte Paul Ignaz. Über sein bebrilltes Gesicht schien ein Schmunzeln zu huschen. Verhöhnte er mich?

«Mit wem sprichst du?», fragte Susanne aus dem Schatten unserer Kammer.

«Mit niemandem», antwortete ich; meine Stimme bebte, «ich meine, mit einem Gärtner. Mit unserem Gärtner ... mit unserem neuen Mieter.»

Am liebsten hätte ich ihr gesagt, wir hätten jetzt einen Gartenzwerg; aber das wollte ich ihr ersparen.

Verstehen Sie jetzt, warum ich heute morgen, als ich in die Redaktion kam, so aufgewühlt war?

ZWANZIGSTES KAPITEL

Monica Wiederkehr hatte sich Louis' Schilderungen schweigsam angehört. Sie hatte bereits den vierten Frühstückstee im Kännchen bestellt und ausgetrunken. Inzwischen war es fast Mittag geworden. Den ganzen Morgen waren sie vor dem Hotel am Rheinufer gesessen. Louis Wolf holte tief Atem, betrachtete die nachdenkliche Redaktionssekretärin, die seiner Geschichte so geduldig gelauscht hatte. Dann wurde er plötzlich unruhig. Er sah auf die Uhr.

«Es ist ja schon bald zwölf! Die auf der Redaktion werden denken, wo die auch stecken! Entschuldigung, jetzt muss ich doch schnell Susanne anrufen – ich will sie vor Brändli warnen. Die ist ja fast ahnungslos; nicht, dass er mit ihr noch anbändelt ...»

Als er kurz danach aus dem Hotel zurückkam, wirkte er gehetzt. «Susanne nahm nicht ab», sagte er hastig, «es hat geläutet, aber sie nahm nicht ab. Da habe ich das Taxi angerufen – es holt uns ab.»

«Vielleicht ist sie ausgegangen», meinte Monica Wiederkehr.

Wolf schien es überhört zu haben; er rief ungeduldig nach der Serviertochter und zahlte. Dann war auch schon das Taxi da.

Auf dem Weg zur Maiengasse, wo Wolf schnell vorbeisehen wollte, bevor sie zur Redaktion weiterfahren würden, brach Monica Wiederkehr das bedrückte Schweigen.

«Haben Sie der Polizei angerufen?», fragte sie.

«Der Polizei? ...»

«Wegen Brändli. Jetzt sitzt er in der Falle. Jetzt kann er endlich verhaftet werden!»

«Nach so langer Zeit ... es dürfte schwierig sein, das Ganze von neuem aufzurollen. Da braucht es Zeugen und Beweise. Wer erinnert sich noch genau an alles, zwanzig Jahre danach?»

«Ausser Ihnen gibt es wohl keine Zeugen mehr», grübelte Monica Wiederkehr; «Silvia und Meret sind tot. Und Carmen ist verschwunden. Aber der Hut, das Geld im Hut! Vielleicht ist das ein Beweis?»

«Vielleicht auch nicht», zweifelte Wolf.

Das Taxi hatte jetzt den City-Ring verlassen und fuhr durch die Mittlere Strasse. Dann bog es in die Maiengasse ein.

Zuerst hatte Monica Wiederkehr nur bemerkt, dass Wolf laut aufstöhnte und mit einer heftigen Bewegung die rechte Hand vor die Augen hielt. Dann sah es auch sie: Die Maiengasse war durch drei grosse Feuerwehrautos versperrt. Der Dachstock des Hauses, in dem Wolf wohnte, war schon verwüstet, und die Fassaden trugen schwarze Spuren. Man sah auch noch Feuer; aus einem Fenster stoben die Funken.

Louis Wolfs Gesicht hatte den Ausdruck einer Maske angenommen, in der sich grenzenlose Enttäuschung und gleichzeitig die Bereitschaft, ungeheuerlichen Schmerz zu ertragen, widerspiegelte. Unter den Schaulustigen waren alle Hausbewohner ausser Susanne. Auch Paul Ignaz Brändli war da; er steckte in einem dunklen Anzug, wie an einer Beerdigung, und hatte seinen schwarzen Hut auf. Als er Wolf bemerkte, kam er mit ernstem Gesicht auf ihn zu, lüftete den Hut und streckte ihm die Hand entgegen, wie zur Kondolation:

«*Ihre Freundin haben sie nicht mehr retten können, sie ist in den Flammen gestorben. Als die Feuerwehrmänner in die Wohnung kamen, war sie schon tot. Sie hatte keinen Fluchtweg; die Wohnung ist sehr verwinkelt, und durchs Treppenhaus konnte sie nicht mehr fliehen, die Treppen waren schon weggebrannt. Sie hätte nur noch aus dem Fenster springen können, aber das hätte sie auch nicht überlebt...*»

Monica Wiederkehr bemerkte, dass Louis Wolf still in sich hineinschluchzte.

Doch am Tag nach der Bestattung von Susannes sterblichen Überresten stürzte er sich bereits wieder in die redaktionelle Arbeit. Monica Wiederkehr versuchte ihn dazu zu ermutigen, Brändli wegen Verdachts auf Brandstifung anzuzeigen, was er auch getan hatte. Aber der Untersuchungsbericht bot keine Handhabe zu einer Verhaftung; ganz im Gegenteil. Es wurde festgestellt, dass Brandstiftung ausgeschlossen sei. Die Brandursache war offenbar in der Aschenglut zu suchen, die Susanne an jenem Morgen beim Reinigen des Aschenbechers fahrlässig in einen Kehrichtsack geschüttet haben muss. Ein bedauerlicher Unglücksfall, wie der Untersuchungsbeamte versicherte, der leider immer wieder vorzukommen pflege.

EINUNDZWANZIGSTES KAPITEL

Susannes Tod und die Aussichtslosigkeit, ihn zu rächen, trieben Louis Wolf in eine Resignation, die er in all den Jahren nach dem Unglück vom Spalenberg nicht gekannt hatte. Mit Silvias Tod hatte er sich nicht abgefunden; er hatte die Tote noch Jahre nach der Katastrophe beschworen, und er war eigentlich nie bereit gewesen, die Hoffnung aufzugeben; trotzig hatte er sich gegen sein Schicksal aufgelehnt. Seinen Schmerz hatte er kultiviert. Susannes Tod dagegen bewirkte von Anfang an einen Verzicht auf Hoffnung. Er alterte sichtbar schnell, wurde fatalistisch im Sinne einer pessimistischen Erwartungslosigkeit. Er wurde unnahbar, gleichgültig, gegen manche abweisend-schroff. Monica Wiederkehrs Versuche, ihn doch noch zu einem Aufrollen der alten Brandgeschichte vom Spalenberg zu bewegen, stiess auf starre Ablehnung. Paul Ignaz Brändli schien wieder einmal aus der Stadt verschwunden zu sein. Manchmal kam er Wolf wie eine aus einem Traum entstiegene Nebelgestalt vor, die für ihn unfassbar blieb.

Der Brandunfall an der Maiengasse hatte sich auch auf der Redaktion nur flüchtig herumgesprochen. Zusammenhänge zur Katastrophe, die zwanzig Jahre früher am Spalenberg eingetreten war, fielen nicht auf. Damals hatten, ausser Wolf, andere Leute auf der Redaktion gearbeitet; die heutigen, meist jüngeren Journalisten und Redaktoren, und auch das Sekretariatspersonal, hatten zu Wolfs Vergangenheit keinen Zugang. Und die neue Vertraute Monica Wiederkehr hielt dicht; Wolfs Unglück blieb ein Geheimnis der beiden.

Auf seine berufliche Tätigkeit wirkte sich seine neue private Situation kaum aus. Vielleicht erledigte er seine journalistischen Aufgaben noch ein wenig lautloser als frü-

her; aber seine Zuverlässigkeit litt nicht unter der Veränderung, eher im Gegenteil.

Seit dem Vorfall an der Maiengasse waren auch schon wieder drei Jahre verstrichen. Louis Wolf schien sich mit seinem Schicksal abgefunden zu haben. Ein wenig spröde verrichtete er seine Arbeit, die ihm zusehends gleichförmiger erschien. Vermehrt sprang er wieder als Lückenbüsser ein, wenn Kollegen in den Ferien oder im Militärdienst weilten oder sonstwie verhindert waren. So auch an jenem Samstagnachmittag im Herbst, als er den wegen einer Leistenoperation im Spital liegenden Fussballreporter im Stadion des Nationalliga B-Clubs während eines Meisterschaftsspiels vertrat, über das er schreiben musste. Er hatte sich zwar seit Jahren nicht mehr mit Fussball befasst, überhaupt nicht mehr mit Sportjournalismus; aber früher, als er noch am Spalenberg gewohnt hatte, war keine Woche verstrichen, in der er nicht einen Fussballstar interviewt, ein Radrennen begleitet oder im Leichtathletikstadion nach neuen Talenten geschnüffelt hätte, die er seinen Lesern in der Rubrik «Junge Leute von heute» vorzustellen pflegte. Diese Erfahrungen schienen ihm zu genügen, um ihn nach über zwanzig Jahren zur Berichterstattung über einen Fussballmatch zu befähigen.

Nachdem Wolf im Stadion angelangt und auf der Tribüne Platz genommen hatte, studierte er vorerst das Programmheft. Der Reporter, den er zu vertreten hatte, hatte ihn darauf aufmerksam gemacht, dass in der einheimischen Mannschaft seit Beginn der neuen Saison mehrere neue Spieler steckten, die einer besonderen Beobachtung wert seien. Gestern hatte er mit dem Reporter im Spital nochmals telefoniert. Der hatte ihm einige Spielernamen genannt und sich über die besonderen Fähigkeiten dieser Leute geäussert. Aber Wolf hatte danach so viel wie vorher gewusst, weil ihm die Namen nicht viel sagten – er hatte noch keinen dieser Fussballer spielen gesehen und konnte sich darunter wenig vorstellen. Er würde sich jetzt vor allem auf seine eigenen Beobachtungen stützen müssen, überlegte er; heute abend könnte er dem Kollegen im Spital nochmals anrufen, um einige ergänzende Informationen zu erhalten.

Die beiden Mannschaften waren jetzt auf den Rasen gekommen, von weitem kaum unterscheidbare junge Leute in kurzen Hosen; einige wirkten fast ein wenig wie Buben. Nur einer stach heraus, ein Spieler der einheimischen Mannschaft, ein aussergewöhnlich hochgeschossener junger Mann, ein Hühne, aber einer besonderer Art. Im Widerspruch zu seiner Körperlänge standen beispielsweise die Dimensionen seines zarten Gesichts, und auch die Glieder wirkten seltsam schlacksig, weniger muskulös als jene der anderen, kleineren Spieler. Er sah wie ein Intellektueller aus, der sich verirrt hat – auch seine Bewegungen waren merkwürdig unentschlossen, auf eine komische Weise gehemmt. Dabei führte er die selben Übungen wie seine Kameraden aus – nur wirkte er dabei ein wenig tantenhaft, als wäre er überfordert. Wolf konsultierte sein Programmheft und stellte zu seiner Überraschung fest, dass dieser Spieler Herbert Windisch hiess. Herbert Windisch, das war doch der Sohn von Klara Windisch!

Dass dieser, inzwischen zum jungen Mann gediehen, in der zweitbesten Fussballmannschaft dieser Stadt um den Aufstieg in die oberste Klasse kämpfte, erstaunte Wolf zuerst. Es schien ihm eine unerwartete Entwicklung. Hatte er ihn nicht zuletzt, vor wenigen Jahren, noch ins Gymnasium gehen sehen? Je länger er darüber nachdachte, desto selbstverständlicher fand er sich damit ab. Es war längst nicht mehr ungewöhnlich, dass junge Akademiker Ambitionen als Spitzenfussballer hatten, überlegte er. Im Tor der Nationalmannschaft stand ein Medizinstudent, ein Jurist schoss die spektakulärsten Tore im Schweizermeister-Team, und der jahre-

lange Captain der besten Basler Mannschaft war Nationalökonom gewesen. Wieso sollte nicht der Enkel eines Yogi und Grossneffe des Altertumsforschers Adalbert Windisch das Mittelfeld der zweitbesten Stadtmannschaft unterstützen, zumal sein Vater ein Gelegenheitsarbeiter war? Fussball war längst salonfähig. Regierungsräte, ja sogar Bundesräte gehörten zum Stammpublikum. Doch diesem Gesellschaftsspiel, das mehr war als Sport, haftete auch das Image eines Aufstiegsinstruments für Angehörige unterer sozialer Schichten an. Arbeitersöhne, die als erfolgreiche Fussballspieler zu Ruhm und Reichtum gelangten und damit eine ganze Reihe sozialer Stufen übersprangen, für deren Überwindung es sonst manchmal mehrere Generationen brauchte, waren in der Regel die gefeierten Helden. Das war ja wohl das Geheimnis der Faszination dieses Ballkampfs auf die breite Masse mit ihrer eintönigen Alltagsarbeit mit nur geringen Aufstiegsmöglichkeiten: Die Identifikation mit um ihr Glück rennenden Spielern, sinnierte Wolf.

Der Pfiff des Schiedsrichters riss ihn von seinen Gedanken los. Der Match hatte begonnen. Beide Mannschaften, die Basler und die Tessiner, spielten vorsichtig. Lange Zeit wurde der Ball im Mittelfeld hin- und hergeschoben. Herbert Windisch erwies sich als ein guter Techniker, wie Wolf feststellte. Aber dann wurde das Spiel plötzlich schneller und härter. Nachdem die Tessiner einen Angriff erfolgreich abgewehrt hatten und zum Konterangriff ausholten, erkannte Wolf Herbert Windischs Schwäche: Der schlacksige junge Mann scheute offensichtlich harte Zweikämpfe, denen er ängstlich auszuweichen schien, und er vermochte seinen schnellen Mitspielern immer weniger gut zu folgen. Er war ein Schönspieler, der kluge Pässe schlug, aber offensichtlich zu zaghaft und zu wenig schnell, um sich in hektischen Kämpfen durchzusetzen. Kurz vor dem Pausenpfiff unterlief ihm ein verhängnisvolles Missgeschick: In einer gutgemeinten Abwehraktion, bei der er vor dem eigenen Torhüter die Verteidiger zu unterstützen versuchte, prallte der Ball gegen seinen Kopf und von da aus direkt ins Netz. Dieses Eigentor kam, sieben Sekunden vor der Pause, im psychologisch ungünstigsten Moment. Nun lagen die Basler, die darauf ausgegangen waren, ein torloses Unentschieden in die Pause zu retten, plötzlich im Rückstand – eine ärgerliche Belastung für die zweite Halbzeit. Einheimische Fans kommentierten den Fehler mit vereinzelten Pfiffen, die dem Torschützen galten. Klaras Sohn konnte einem leid tun.

Während der Pause trank Wolf ein Coca-Cola und ass ein gefülltes Blätterteig-Gebäck, eine frische Spezialität, die es in diesem fast familiären Stadion schon früher gegeben hatte, wie er sich erinnerte. Irgendwie charakterisierte es die hausbackene Ambiance dieses Fussballplatzes, schien ihm. Sie stand im Gegensatz zu jener im weitaus anonymeren und grösseren Stadion auf der anderen Seite des Rheins, wo die Spiele des reicheren Nationalliga A-Clubs ausgetragen wurden, und das meistens nachts, im Scheinwerferlicht. Rund um den altehrwürdigen Rasenplatz des B-Clubs wirkte alles biederer. Die betuliche Sonntagnachmittag-Stimmung verhinderte das Aufkommen von Pathos, verbunden mit jener Hysterie, die im grossen Stadion während der Nachtspiele die Massen ergriff.

Der träumerische Eigentorschütze der Basler Mannschaft trat auch zur zweiten Halbzeit an. Wolf hatte fest damit gerechnet, dass der Trainer Herbert Windisch mit einem anderen, tüchtigeren Spieler auswechseln würde. Doch es wurden keine Änderungen angekündigt; vielleicht hatte es zu wenige Reservespieler. Die Verletztenliste sei ungewöhnlich lang, hatte der Reporter im Spital erklärt. So bekam Herbert Windisch noch einmal eine Chance, seine spezifischen

Fähigkeiten einzusetzen. Anfänglich bekundete er wiederum Mühe, sich gegen seine athletisch kräftigeren Mitspieler durchzusetzen, aber je länger die zweite Halbzeit dauerte, desto besser kam er ins Spiel. Schliesslich entpuppte er sich als Mittelfeldregisseur. Er verstand es plötzlich, den Rhythmus zu ändern. Mit weiten und hohen Pässen verlagerte er das Spiel unerwartet nach vorn, wo die Stürmer zusehends in bessere Schusspositionen kamen. So entstand, nur knapp zehn Minuten vor dem Ende, der Ausgleichstreffer. Und eine Minute vor dem Schlusspfiff gelang Herbert Windisch der Siegestreffer mit einem Kopfstoss, dessen Wirkung an Magie grenzte, wie Wolf kopfschüttelnd fand. Klaras Sohns Erfolg als Fussballspieler gründete offensichtlich auf seiner unnachahmlichen Kopfballtechnik. Wolf konnte es kaum fassen, dass letztlich der Neffe von Silvias versunkener Liebe den Heimsieg sichergestellt hatte.

Der Journalist verliess das Stadion irritiert. Er wählte den Fussweg dem Rheinufer entlang, um in die Stadt zurückzugelangen. Den mit Sportfreunden gefüllten Bus mied er, weil ihm solche Fahrten Atemnot und Beklemmungsgefühle verursachten. Während seines langen Spaziergangs meditierte er über Silvia und ihren Geliebten vom Murtensee, dessen Neffe soeben Basels Fussballehre gerettet hatte. Die leuchtenden Farben des Baumlaubs versanken in den schleichenden Nebeln des hereinbrechenden Abends. Die sich am gegenüberliegenden Ufer bewegenden Spaziergänger und Radfahrer glichen Spukgestalten, und die dahinter stehenden Häuser waren kaum mehr zu erkennen. Wolf wunderte sich, dass die St. Alban-Fähre, die zum bereits unsichtbaren Gasthof «Zum goldenen Sternen» führte, immer noch verkehrte; der Fährmann würde wegen der sich schnell ausbreitenden schlechten Sicht wohl nur noch die drüben wartenden Leute holen und dann den Betrieb einstellen. Nachdem er unter der

Wettsteinbrücke hindurchgegangen war, sah er, dass auch die Münsterfähre noch immer über den Strom glitt.

Unten auf dem Fährsteg bemerkte er eine dunkle Gestalt, die ganz vorn am Wasser stand. Der kleine Mann, dessen Haupt ein auffallend grosser Hut zierte, hatte ein mit einem Tuch umwickeltes, fest verschnürtes kleines Paket ins Wasser geworfen. Dann sah er sich um. Vielleicht hatte er Wolfs raschelnde Schritte gehört. Es wirkte aber eher so, als ob er sich vergewissern wollte, dass ihn niemand beobachtete. Da gewahrte Wolf, dass Paul Ignaz Brändli wieder einmal vor ihm aufgetaucht war. Er hatte den Journalisten nur kurz ins Auge gefasst, dann senkte er das Gesicht, das nun gänzlich vom grossen, schwarzen Hut verdeckt war. Während Wolf die Treppe hinunterstieg, getrieben vom Verlangen, seinen bisher unfassbaren Widersacher zu stellen, kam ihm Brändli gemessenen Schritts entgegen. Beim Uferbord, unten an der Treppe, standen sie sich einander gegenüber.

«Guten Abend, Louis», sagte Paul Ignaz. Seine Stimme verriet weder Überraschung noch Verlegenheit. Sie wirkte unantastbar feierlich, wie so oft bei früheren Begegnungen. Wolf musste daran denken, dass Silvia und er diesen Zwerg anfänglich für einen Priester gehalten hatten, und er wunderte sich auch jetzt nicht darüber.

«Du hast ein Paket im Rhein versenkt», versuchte er ihn festzunageln. Dann hatte er einen Einfall. «Ich nehme an», sagte er, «das war dein Revolver, den du all die Jahre auf dir getragen hast, unter deinem Kittel, den du auch im Sommer nie auszogst!» Die Aussage von Mathilde Frisch, Brändli habe beim Eröffnungsfest in der «Spalenberg-Stube» eine Waffe auf sich getragen, hatte er längst vergessen gehabt; aber jetzt erinnerte er sich wieder.

Brändli bewahrte die Ruhe. Es schien ihm nicht daran gelegen, das jahrelange Geheimnis zu vertuschen.

«*Ich habe die Waffe versenkt, das stimmt*», bestätigte er; «*ich benötige sie jetzt nicht mehr*».

«*Wozu hast du sie gebraucht?*», fragte Wolf, erstaunt darüber, dass ihm der Zwerg so bereitwillig Auskunft gab.

Brändlis Blick weilte eine Zeitlang forschend auf Wolfs Gesicht, dann erwiderte er gelassen:

«*Das ist richtig. Ich schleppte jahrelang mein Vermögen mit mir herum. Eine Belastung, die besondere Sicherheitsmassnahmen erforderte. Ich hatte mir dieses Geld, wie du inzwischen vielleicht auch schon herausgefunden hast, vor über dreissig Jahren bei einem Postraub angeeignet. Das war eine harte Sache, da war ich noch ein junger Mann. Die Waffe hatte ich schon damals benützt, um die Postbeamten, Kollegen von mir, einzuschüchtern. Ich hatte mich maskiert. Als Pöstler kannte ich mich da aus; ich ging keine unnötigen Risiken ein. Es war immerhin fast eine halbe Million. Und die habe ich mir sichergestellt. Kein Mensch hatte mich verdächtigt; ich blieb der brave Postbeamte. Bis ich die Unvorsichtigkeit beging, zu heiraten. Meine erste Frau hatte mein vieles Geld und meine Waffe entdeckt. Sie wollte mich zwingen, das Geld der Post zurückzuerstatten, anonym, wie sie meinte. Sie war für mich das erste Sicherheitsrisiko. Auch sonst hatte ich ihre Art nicht gemocht. Sie verbrannte in unserer Wohnung am Murtensee. Das war vor fünfundzwanzig Jahren. Eine lange Zeit ...*»

«*Und dann kamst du nach Basel – und das Ganze wiederholte sich am Spalenberg!*», bohrte Wolf.

Brändli sah in flimmernd an. «*Ja*», sagte er feierlich, und er netzte mit der Zunge seine Lippen, «*das Ganze wiederholte sich. Meret hatte die Sache ebenfalls entdeckt, und sie liess nicht locker. Sie wollte mich dazu bewegen, mich der Polizei zu stellen. Damit hätte sie nicht nur mich ins Gefängnis gebracht, sie hätte auch unsere ‹Spalenberg-Stube› gefährdet, in die ich immerhin gegen hunderttausend Franken gesteckt hatte.»*

«*Aber die ‹Spalenberg-Stube› wurde dann doch zerstört – durch den Brand, den du gelegt hattest. Silvia hast du auch ermordet!»*

«*Das stimmt*», *fuhr Brändli unbeirrt fort;* «*aber da hatte ich nur noch die Wahl, meine Freiheit zu retten. Meret war wirklich unbelehrbar. Es war ihre Schuld, es hätte nicht so herauskommen müssen, wäre sie nur vernünftig gewesen.»*

«*Aber warum Silvia?! Das ist ja ... ein schandbarer Egoismus, ein grässlicher Massenmord! Du gemeiner Schuft – ich räche Silvia, das versprech' ich dir! Und Susanne! Warum hast du auch sie verbrannt? Du bist nicht nur habgierig, du bist ein ekelhafter Sadist, ein gemeingefährlicher Verbrecher!» Wolfs Stimme überschlug sich, sie war heiser und dunkel geworden. Sein alter Schmerz schrie aus ihm heraus.*

Die Ruhe hatte Brändli auch jetzt nicht verlassen. Er blinzelte listig und schüttelte den Kopf:

«*Nein, Susanne habe ich nicht umgebracht. Das war ein Unglücksfall. Der Untersuchungsbericht bestätigt das. Da ist nichts zu machen. Deine Freundin war zu unvorsichtig; sie hat den Aschenbecher in einen papierenen Abfallsack geleert. So etwas sollte man nicht tun. Ich hatte ja selber Glück, das ich mich vor diesem Feuer retten konnte. Du wärst heute vielleicht zufriedener ...»*

«*Silvia!», rief Wolf. «Silvia! Dieses Feuer hattest du auf dem Gewissen!»*

«*Richtig», bestätigte Brändli, «richtig. Ich musste mich schützen. Ich hatte gehört, dass Meret Silvia zuvor Andeutungen über den Brand vom Murtensee gemacht hatte – und über meinen Postraub. Ich hatte Meret das schliesslich erzählt, nachdem sie mich in die Zange genommen hatte. Da musste ich etwas unternehmen; ich konnte nicht länger zuwarten. Der Heilige Abend brachte die geeignete Gelegenheit.»*

«*Das wirst du mir büssen!*», *stiess Wolf hervor.*

Brändli schüttelte bedächtig den Kopf mit dem grossen Hut. «*Zu spät*», *lächelte er, und sein Gesichtsausdruck nahm einen süffisanten Zug an;* «*zu spät, mein Lieber. Sowohl der Postraub als auch die Brände am Murtensee und vom Spalenberg sind verjährt. Unsere Strafrechtsordnung schützt mich, das muss dir jeder Experte bestätigen. Da ist nichts zu machen. Und was könntest du schon beweisen?»*

Mittlerweile war die Fähre eingetroffen. Ein junges Paar entstieg ihr mit einem grossen, schwarzen Hund, der sich knurrend gegen Brändli wandte. Dieser erhob die Hand mit beschwörender Geste, so dass das Tier von ihm wich und die Treppe der Uferböschung hinaufflüchtete. Würdig schritt nun Brändli über den Steg; er liess sich vom Fährmann auf das schwankende Lärchenholzboot helfen. Wolf fühlte sich wie festgenagelt; er war unfähig, dem Zwerg zu folgen. Er konnte sich des Eindrucks nicht erwehren, dass er ihm nicht die ganze Wahrheit gesagt hatte. Er hielt ihn für einen Sadisten, dem es eigentlich um ganz anderes ging als um Geld. Der Postraub mochte ihm selber als Alibi dienen; die wahren Mordmotive waren in anderen Triebregionen zu suchen, davon war Wolf überzeugt.

Jetzt sah er, wie der Fährmann das Schiffchen vom Steg abstiess, den Schwengel umlegte und ins Boot zurückeilte, um das Steuerruder in Position zu bringen. Brändli thronte draussen auf der Fährbank, das Gesicht dem Münsterhügel zugewandt.

Der Journalist starrte dem langsam wegschaukelnden Boot nach, bis es am anderen Ufer anlangte. Dann beobachtete er, wie der kleine Mann das Schiff verliess. Bald sah er nur noch den hohen, schwarzen Hut, der im Nebel versickerte. Wolf hatte versucht, dem Zwerg mit den Augen zu folgen, als er die Treppen zur Pfalz hinaufstieg, zum Münsterhügel mit seinen vermoderten Gräbern.

Aber Paul Ignaz Brändli schien sich aufgelöst zu haben. Er entschwand in den grauen Schwaden, eine Nebelgestalt, die Wolfs Vergangenheit mit sich trug.

- E n d e -

Von Georg Felix, dem Autor von «Der Wirt vom Spalenberg», ist im Mond-Buch Verlag bereits erschienen:

DIE MÜNZKÖNIGIN STEHT KOPF

Nachdem der Journalist Louis Wolf aus den Sommerferien zurückgekehrt ist, werden in Basel innert weniger Tage zwei Männer ermordet. Eine Spur führt nach Paris, aber auch einen dritten Toten kann Wolf nicht verhindern.

Begeisterte Leserstimmen!

«... mit echt baslerischem Humor durchsetzt. Alle Achtung vor der Gesamtkonzeption dieses Krimis!»
«Der Bund», Bern

«... spannend bis zum letzten Satz des Buches. Georg Felix weiss, dass es für einen Kriminalschriftsteller eine Todsünde ist, seine Leser zu langweilen. Nicht nur die Handlung seines Krimis ist spannend, auch die Erzählweise vermag ausserordentlich zu fesseln. Beachtenswert ist, dass Georg Felix nicht die gängigen Clichés der Krimisparte verwendet.»
Jürg Moser im «doppelstab», Basel

Georg Felix: Die Münzkönigin steht Kopf. Kriminalroman. 120 Seiten, leinengeprägter, farbiger Kartonumschlag mit Bild, broschiert.
ISBN 3-85812-003-0   *Fr. 12.-*

Mond-Buch Verlag GmbH, Postfach 1403, CH-4001 Basel

Ausserdem sind im Mond-Buch Verlag neu erschienen:

MERKWÜRDIGE GESCHICHTEN AUS BASEL

Siebzehn (un)heimliche Geschichten von Adelheid Duvanel, Felix Feigenwinter und Gunild Regine Winter, geschrieben in einer Stadt, wo Psychiater, Hexen, Vampire und andere gespenstische Erscheinungen schon gar kein Aufsehen mehr erregen.

A. Duvanel / F. Feigenwinter / G. R. Winter: Merkwürdige Geschichten aus Basel. 110 Seiten, blauer Umschlag mit Bild, broschiert.
ISBN 3-85812-001-4 *Fr. 12.–*

GEBETE FÜRS FEUER

Die Herausgeberin der «Hexenpresse» und Autorin des Polit-Lyrikbandes «Deutschland, mir graut vor dir» legt hier ihre jüngsten Gedichte vor. Es ist nicht mehr die politische Kampflyrik wie im ersten Band, die sich noch an bestimmte Zielgruppen richtete. Im neuen Band «Gebete fürs Feuer» nimmt G. R. Winter eine mehr kontemplative Haltung ein und wendet sich trotz gelegentlicher satirischer Einsprengsel der spiritualistischen Betrachtung zu, kompromisslos auch hier ohne Rücksicht auf Schreibmoden an ihren eigenen Vorstellungen orientiert. Für alle, die sich mit den Entwicklungen des Denkens der radikalen Feministinnen in unserem Sprachgebiet auseinandersetzen, dürfte der Band einige Überraschungen enthalten.

Gunild Regine Winter: Gebete fürs Feuer. Ca. 80 Seiten, farbiger, leinengeprägter Kartonumschlag mit Bild, broschiert.
ISBN 3-85812-004-9 *Fr. 10.–*

Feministische Hohn- und Klagelieder von Gunild Regine Winter:

DEUTSCHLAND, MIR GRAUT VOR DIR

«‹Deutschland, mir graut vor dir› ist ein Hohnlachen über die ‹Paradegäule der abendländischen Männerweisheiten›, eine bittere Klage über die Machtlosigkeit der Frauen in einer Männerwelt voller Krieg und Hass, ist ein bitterböser Angriff auf das Patriarchat. Diese Gedichte wollen keine ‹weibliche› Lyrik sein. Sie sind glänzend in ihrer Schärfe und Stosskraft, bösartig, angriffslustig. Oftmals sehr anspruchsvoll, indem sie etwa griechische Sagen, Goethezitate, literarisches und philosophisches Wissen voraussetzen. Sie sind ansteckend in ihrem Engagiertsein (...) Statt dumpfer Ergebenheit, wie sie bisher den Frauen immer wieder gepredigt wurde, will Gunild R. Winter aufwecken, wach machen, wütend machen (...)»
M. Wagner in der «Basler Zeitung»

«Eine unglaublich aggressive Schmähschrift voll beissenden Spotts, unzähliger literarischer Anspielungen, persönlicher Angriffe (...) G.R. Winters Schriften faszinieren durch die hochsensible, skeptische Auseinandersetzung der Autorin mit ihrer Umwelt (...)»
Mariette Remp (London) in «Ulcus Molle»

Gunild Regine Winter: Deutschland, mir graut vor dir.
Feministische Hohn- und Klagelieder. 236 Seiten, farbiger, leinengeprägter Kartonumschlag mit Bild, broschiert.
ISBN 3-85812-002-2   *Fr. 20.–*

Mond-Buch Verlag GmbH, Postfach 1403, CH-4001 Basel